SUN TZU

A ARTE DA GUERRA

[The Art of War]

El Arte de la Guerra

SUN TZU

A ARTE DA GUERRA

[The Art of War]

El Arte de la Guerra

Dados Internacionais de Catalogação na Publicação (CIP)
Angélica Ilacqua CRB-8/7057

Sunzi, séc. VI A.C.
  A arte da guerra / Sun Tzu ; tradução de Fábio Kataoka. --
Brasil : Pé da Letra, 2021.
  248 p.

ISBN 978-65-5888-210-7
Título original: sūn zǐ bīng fǎ

1. Ciência militar - Obras anteriores a 1800 2. Filosofia da
guerra I. Título II. Kataoka, Fábio

21-1730   CDD 355.02

Índices para catálogo sistemático:

1. Ciência militar

SUN TZU

A ARTE DA GUERRA

[The Art of War]
El Arte de la Guerra

Diretor
Fábio Kataoka

Coedição
Samuel Honorato

Administração Geral
Cinthya Pincelli
atendimento@mwg.com.br

Produção Editorial
Robson Oliveira

Coodernação Editorial
Carlos Kataoka

Rua Padre Agostinho Poncet, 135 - Mandaqui
CEP: 02408-040 - São Paulo - SP
www.discoverypublicacoes.com.br

Todos os direitos reservados. É proibida a reprodução total ou parcial deste trabalho, seja por meio eletrônico ou impresso, inclusive fotocópias sem prévia autorização e consentimento da editora.

[Sumário]

Prefácio - Heródoto Barbeiro - A arte da vida 9

Contexto histórico 11

Capítulo I - Planos e Análise 13

Capítulo II - Táticas de Guerra 17

Capítulo III - Estratégias de Ataque 21

Capítulo IV - Disposições Táticas 25

Capítulo V - Estratégia Militar 29

Capítulo VI - Pontos Fracos e Fortes 33

Capítulo VII - Manobras 39

Capítulo VIII - Variações Táticas 43

Capítulo IX - O Exército em Marcha 47

Capítulo X - Terreno 53

Capítulo XI - As Nove Situações 59

Capítulo XII - Ataque pelo Fogo 69

Capítulo XIII - O Uso de Espiões 73

English Version 83

Versión Española....................161

Prefácio
[A arte da vida]

Heródoto Barbeiro
Escritor e jornalista da Record News.

O texto de Sun Tzu. A Arte da Guerra, foi Escrito 400 anos antes de Cristo. O Bhagavad Gita, Canção de Deus, foi escrito na mesma época. O primeiro, na China; o segundo, na Índia. Os dois tratam da guerra. A arte da guerra com estratégias e táticas. O Bhagavad Gita explora as questões de um ser humano envolvido em uma batalha. Os dois textos são historicamente condicionados pelas realidades que essas duas civilizações viviam no Século IV a.C. Esses dois livros foram lidos ao longo dos séculos e seus ensinamentos, utilizados por personagens importantes.

Acredita-se que Napoleão Bonaparte, Mao Tse Tung e Giap, vencedor dos americanos no Vietnã, se inspiraram n'A Arte da Guerra nas campanhas militares vitoriosas que lideraram. Já o livro hindu é um texto religioso que relata o diálogo entre o deus Krishna e o guerreiro Arjuna em pleno campo de batalha, e seus ensinamentos inspiram até hoje os adeptos dessa religião.

O mundo contemporâneo está organizado de forma cada vez mais competitiva. Com a globalização, a concorrência e a disputa por melhores negócios e empregos não se restringem mais a uma mesma cidade, país ou região. A competição é global, por isso, quem quiser vencer precisa conhecer a cultura e os costumes de outros povos. A sabedoria contida n'A Arte da Guerra pode ser aplicada no dia a dia, uma vez que ensina quais as estratégias e táticas para vencer. Vencer nos negócios, vencer nos estudos, vencer no emprego, vencer na cida-

Prefácio

dania. A organização atual das corporações necessita cada vez mais de líderes, de pessoas que sejam capazes de trabalhar em grupo e sob pressão. Essas qualidades são as mesmas exigidas dos soldados em todas as batalhas, não importa em que época e lugar. Imagine os 330 guerreiros de Esparta impedindo que o poderoso exército persa invadisse o Peloponeso, uma região da Grécia. Leônidas postou os seus homens em uma garganta estreita entre as montanhas, conhecida como Termópilas, e resistiu bravamente. Os persas enviaram um emissário oferecendo rendição, uma vez que o exército invasor era muitas vezes maior. O rei de Esparta disse não. O emissário avisou que, se todos os arqueiros de sua tropa lançassem flechas ao mesmo tempo, isto apagaria a luz do sol. Leônidas respondeu: "Ótimo, lutaremos na sombra". Todos sabemos que os persas venceram, mas o grego passou para a História pela sua bravura, estratégia e confiança em seus homens. Foi derrotado porque um grego ensinou o inimigo como passar por trás da montanha e cercar os espartanos. Uma lição que foi aprendida ao longo dos séculos.

Há assessorias e escolas que dão cursos de liderança baseados nos conselhos de autoria de Sun Tzu, dada a sua atualidade. Uma força militar precisa que haja coesão entre a tropa, uma vez que ninguém ganha uma batalha sozinho. É preciso fazer parte de um grupo, de agir conjuntamente para que todos possam ter sucesso na empreitada. O mesmo ocorre nas empresas hoje. Os colaboradores precisam trabalhar em grupo, dividir responsabilidades e decidir o que fazer para manter o mercado. São atitudes que se confundem com a prática militar que se utilizava na China há 24 séculos e A Arte da Guerra de Sun Tzu é o melhor exemplo.

[Contexto histórico]

Sun Tzu, vida e obra

Pouco se sabe a respeito da vida de Sun Tzu. As poucas e limitadas biografias a respeito do general o retratam como súdito do rei da província Wu. Teria vivido durante o período "Clássico" da China, um momento conturbado politicamente, cheio de guerras e disputas territoriais. Um período em que os exércitos eram organizados de maneira muito rígida e liderado por generais com um ponto de vista filosófico da guerra. Acredita-se que tenha vivido entre 544-496 a.C., tendo sido conhecido como profundo conhecedor de estratégias de guerra.

Sabe-se que, no comando de exércitos, Sun Tzu ficou conhecido por vencer muitas batalhas utilizando os ensinamentos que mais tarde foram compilados em livro. Duas gerações mais tarde, seu neto, Sun Pi, viria a dar continuidade aos ensinamentos do avô com Métodos Militares.

A obra, entretanto, não conseguiu alcançar o mesmo sucesso do antepassado, já que possui uma linguagem mais rebuscada e conceitos mais limitados.

Muitos historiadores defendem, ainda, que Sun Tzu não tenha existido, e que se trata de uma figura lendária. Dessa forma, os conceitos de A Arte da Guerra seriam na verdade uma compilação de estratégias militares elaboradas durante um determinado período de tempo e por vários conhecedores do tema.

Capítulo (I)

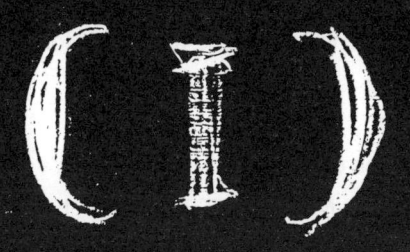

Planos e análise

Sun Tzu disse: *a arte da guerra é de vital importância para o Estado. É uma questão de vida ou morte, um caminho que pode levar tanto à salvação quanto à ruína. Portanto, deve ser examinada com astúcia e jamais negligenciada.*

Capítulo { I }

A arte da guerra é regida por cinco fatores constantes, que devem ser levados em conta ao se analisar uma situação e prever o resultado:

1. Moral: as pessoas devem estar em pleno acordo com suas regras, para segui-las cegamente, pouco se importando com qualquer perigo à vida;

2. Clima: significa dia e noite, o frio e o calor, as variações climáticas e estações. Compreendê-las para se adaptar ao clima aponta aquele que vencerá a guerra;

3. Terreno: engloba as distâncias, que podem ser imensas ou pequenas, de caminho seguro ou imprevisível, por territórios abertos ou em estreitas passagens, enfim, tudo aquilo que determina suas chances de vencer ou morrer;

4. Líder: (ou comandante) deve se fazer presente pelas virtudes do saber, da verdade, benevolência, coragem e rigor;

5. Método e disciplina: são as formas de organização da tropa, suas subdivisões, a ordem de patentes entre os oficiais. Questões como a manutenção das estradas pelas quais os suprimentos deverão chegar ao exército ou o controle das despesas militares devem ser sempre analisados.

Esses cinco princípios devem estar sempre presentes na mente dos líderes: aqueles que os conhecem serão vitoriosos; os que os ignoram, definharão. Consequentemente, em suas decisões, é preciso comparar dois lados para então avaliar suas potencialidades. Devemos nos perguntar:

Planos e Análises

1. Qual dos dois soberanos é imbuído de moral?
2. Qual comandante é mais habilidoso?
3. De que lado as vantagens quanto ao clima e ao terreno favorecem?
4. Em qual lado a disciplina é mais rigorosamente aplicada?
5. Qual é o exército mais forte?
6. Em que lado estão os oficiais e os homens mais bem treinados?
7. Em que exército há um equilíbrio maior entre recompensa e punição?

Compreendidas essas sete considerações, posso prever a vitória ou a derrota.

Aquele que der ouvidos aos meus conselhos e usá-los como armas conquistará a glória: deixe comandar. O general que não escutar meus ensinamentos ou atos acima descritos sofrerá com o fracasso - esse deve ser demitido.

Enquanto assimila e tira proveito de meus conselhos, faça uma auto-avaliação de modo a tirar proveito das circunstâncias. Se as circunstâncias de um forem mais favoráveis que a de outros, avalie uma forma de tirar vantagem.

Toda luta é baseada na decepção, portanto, quando estiver pronto para atacar, aparente estar desarmado; quando usar forças, finja estar incapaz; quando estiver perto, faça o inimigo pensar que o perigo está longe, e quando estiver distante, eles devem temer sua proximidade. Assim, jogue a isca para fisgar o inimigo. Dissimule desordem, para então exterminá-lo.

Se o inimigo for poderoso, esteja preparado para ele. Se ele possui

Capítulo { I }

uma estratégia superior, esquive-se. Caso seu oponente possua um temperamento colérico, irrite-o. Finja ser fraco, e isso fará florescer a arrogância. Se ele estiver tendo facilidades, não o dê um minuto de descanso. Se as forças dele estiverem unidas, faça com que sejam dispersas. Ataque quando ele estiver desprevenido.

Esses conselhos militares, condutores da vitória, não devem ser propagados antecipadamente. O general que vence a batalha sempre monta estratégias no seu templo.

Portanto, pode-se dizer que quem faz muitos cálculos em geral é vitorioso, e é isto o que torna possível antever quem está destinado a vencer ou fadado à derrota.

Capítulo (II)

Táticas de Guerra

Sun Tzu disse: em operações de guerra, serão necessárias mil peças de ouro por dia de guerra para manter um exército de cem mil homens. Gastos com transporte, enviados secretos e conselheiros, bem como os suprimentos necessários para mantê-los e levá-los a uma distância de mil li* em expedições. Seja em território amigo ou hostil, o consumo de pequenos itens, incluindo entretenimento, deve ser contabilizado.

---

li* atuais equivalem à mil metros.

Capítulo { II }

Durante os combates, busque uma vitória rápida. Caso contrário, o armamento se desgastará, seus homens ficarão cansados e o ânimo se dissipará. Então, levantar cerco contra uma cidade poderá esgotar as forças de seu exército. A manutenção do exército nos campos de batalha será de grande custo às finanças do Estado, já que com armas desgastadas, tropas enfraquecidas e recursos comprometidos, o líder do exército adversário estará em vantagem se decidir investir contra você. Se isso acontecer, não haverá homem, ainda que sábio, capaz de impedir as conseqüências que devem se seguir.

Ainda que tenha ouvido falar que atitudes precipitadas são imprudentes, não acredito que a esperteza esteja associada a decisões demoradas. Não há país que tenha se beneficiado com o estado de guerra por períodos prolongados. Apenas aquele que conhece minuciosamente os perigos e ciladas da guerra pode compreender plenamente e descobrir a maneira mais eficaz de conduzir uma batalha.

Um perito em guerras não convoca uma segunda leva de soldados, nem espera que lhe levem suprimentos, mas faz uso daquilo que foi tomado de seu inimigo. Assim, o exército estará abastecido quanto às suas necessidades. As despesas do Estado com a manutenção de uma tropa distante empobrecem o povo. A demanda de suprimentos em regiões próximas faz os preços aumentarem, contribuindo para a vazão do dinheiro público. Para cobrir os gastos, o Estado passa a fazer extorsões pesadas à população, que padece. Com a perda de bens e o desgaste das forças, a população ficará desprotegida, e parte dela irá fugir. Já o governo terá que investir no conserto de veículos, manutenção de cavalos, alimentação da tropa, capacetes, arcos, flechas, lanças, escudos, mantos de proteção e transporte de carga.

Por isso, um general prudente ganha vantagem ao manter o inimigo fora de casa. Conseguir um carregamento de mantimentos do inimigo equivale a vinte do seu, já que não só enfraquece o adversário como fortalece seu exército. A mesma regra é aplicada se o inimigo conquista suas reservas

Aqueles que incitam o ódio como forma de desmontar o inimigo deve-se recompensar. Assim, em uma batalha de carroças, quando dez ou mais delas são tomadas do inimigo, a recompensa deve ser dada àquele que as tomou primeiro. As bandeiras do inimigo devem ser substituídas, e os carros do adversário submetido devem se juntar ao exército vencedor. Os soldados capturados devem ser bem tratados. Essa tática, que consiste em conquistar o adversário, serve para aumentar a resistência de um lado.

Em uma guerra, vislumbre a vitória, sem prolongar as campanhas. Será dessa forma que o comandante de um exército deverá ser conhecido: como árbitro do destino da humanidade, o homem em cujas mãos está o poder de decisão pela paz ou pelo confronto.

Capítulo (III)

Estratégias de Ataque

Sun Tzu disse: Na arte da guerra, o melhor é manter o país inimigo intacto. O melhor é capturar o inimigo incólume ao invés de destruí-lo, capturar o regimento, uma divisão com alguns poucos homens ou uma companhia inteira. Aniquilar um exército inimigo é apenas a segunda melhor opção. Portanto, lutar e vencer em todas as batalhas não constitui o sucesso absoluto: o sucesso absoluto consiste em quebrar a resistência do inimigo sem precisar lutar.

Capítulo { III }

A melhor estratégia militar é frustrar os planos inimigos, a segunda melhor maneira é prevenir a aliança de forças inimigas, e a terceira é atacar o exército armado em seu próprio campo. A pior tática de todas é investir contra cidades protegidas. A regra é não invadir cidades com muralhas se puder evitar. A preparação de abrigos móveis e itens diversos de guerra irá demorar 3 meses completos, e o acúmulo de montes contra as muralhas levará outros 3 meses.

O general incapaz de controlar sua ansiedade irá lançar mão de seus homens para o confronto como um bando de formigas, o que resultará na morte de 1/3 de sua tropa. Já o líder habilidoso subjugará as tropas inimigas sem confronto algum; renderá cidades inteiras sem ter de cercá-las, e dará fim a um reino sem operações prolongadas no campo.

Com suas forças intactas ele disputará o domínio do império, e então, sem perder um homem sequer, seu triunfo terá sido completo.

Esse é o método de ataque estratégico:

- Se sua força for dez vezes superior à do adversário, **cerque-o**;

- Quando a proporção for de cinco para um, **ataque-o**;

- Se for duplamente numeroso, **divida seu exército em dois, de modo que uma parte ataque o inimigo pela frente e outra parte ataque pela retaguarda**;

- Se o inimigo se iguala em força, **divida o exército inimigo e enfrente-o**;

Estratégias de Ataque

- Quando seu exército for um pouco inferior em número, **evite o inimigo**. Contudo, mesmo um combate acirrado pode ser feito a partir de uma pequena força, mas o resultado será a captura do mais fraco pelo mais forte.

O general é a base do Estado. Caso o posto seja bem ocupado por um general completo em todos os sentidos, o Estado será forte. Se falho, então o exército enfraquecerá.

Existem três formas pelas quais um líder pode trazer desgraça sobre seu exército:

1. Comandar o exército para avançar ou recuar, ignorando se o exército tem ou não condições de obedecer. Isso se chama amarrar o exército;

2. Tentar governar uma tropa da mesma maneira que se administra um reino, ignorando as condições do exército. Isso causa inquietação na mente dos soldados e oficiais;

3. Ordens delegadas por nobres que administram o reino. Não se deve permitir tal interferência: o Estado se administra com justiça e humildade. O exército se comanda com flexibilidade e oportunismo. Isso estremece a confiança dos soldados.

Quando a tropa for inquieta e desconfiada, é certo que problemas virão. Isso é simplesmente trazer bagunça ao exército, e lançar a vitória para fora do alcance.

Portanto, devemos reconhecer que existem cinco fatores essenciais para prever a vitória:

Capítulo { III }

1. Vencerá aquele que sabe quando lutar ou não;
2. Vencerá aquele que souber lidar tanto com forças numéricas superiores quanto com inferiores;
3. Vencerá aquele cuja tropa está unida pelo mesmo espírito;
4. Vencerá aquele que estiver preparado, apenas aguardando para pegar o inimigo desprevenido;
5. Vencerá aquele que for militarmente habilidoso e não sofrer imposições pelo soberano.

Sun Tzu disse: Aquele que tem autoconhecimento e conhece também ao inimigo estará sempre a salvo. Aquele que possui apenas autoconhecimento pode tanto ganhar quanto perder, já aquele que desconhece tanto a si mesmo quanto a seus inimigos, sucumbirá a todas as batalhas.

Capítulo (IV)

Disposições Táticas

Sun Tzu disse: desde a antiguidade os bons combatentes colocam-se fora da possibilidade de derrota, e então esperam até que o inimigo exponha suas deficiências, para então ter a oportunidade de derrotar o inimigo.

Capítulo { IV }

Portanto diz-se: um homem pode saber como conquistar sem ser capaz de fazê-lo. Segurança contra a derrota implica táticas defensivas, mas não torna certa a derrota do inimigo. Ficar na defensiva indica resistência deficiente, e atacar significa excesso de resistência.

O general habilidoso na defesa se esconde nos locais mais secretos da terra. O especialista em defesa ataca rapidamente os locais mais próximos ao céu. Dessa forma, por um lado temos habilidade de se proteger e, na outra, uma vitória completa.

Enxergar a vitória apenas quando se está à vista do conhecimento de toda a multidão não é o apogeu da excelência. Assim como não é o auge da excelência se você encontrar ou conquistar e todo o império disser: *"Bom trabalho!"*, já que não demonstra sinais de força; nem olhos que permitam ver o sol e a lua, ou uma audição que permita ouvir o barulho dos trovões.

O que os antigos denominaram de combatente inteligente não é apenas aquele que vence, mas que se distingue por vencer com facilidade. Suas vitórias não trazem a ele nem reputação por sabedoria, nem crédito por coragem. Ele vence suas batalhas por não cometer erros. Não errar é o que dá a certeza da vitória, o que significa conquistar um inimigo que já está derrotado.

Assim o bom combatente se coloca em uma posição que toma a denota impossível, e não perde a oportunidade de derrotar o inimigo. Dessa forma é que na guerra o estrategista vitorioso apenas consente com a batalha depois de ter conquistado a vitória, enquanto que aquele que é destinado a perder primeiro vai à luta, para depois ir à procura da vitória.

Estratégias de Ataque

O líder consumado cultiva a lei moral, e adere estritamente ao método e disciplina, então está em suas mãos controlar o sucesso.

A respeito dos métodos estratégicos:

1. *Dimensão - diz respeito aos tipos de terrenos;*
2. *Estimativas - cálculo de quantidades de provisões;*
    A. Logística;
    B. Balanço de chances;
    C. Vitória.

Dimensão diz respeito ao que existe na terra, estimativa de quantidade de dimensão, cálculo da estimativa de quantidade, balanço das chances de cálculo, e vitória para o balanço das chances. Um exército vitorioso, ao contrário do derrotado, é como uma *(Pound's)* do peso no lugar da escala contra um único grão. O caminho para uma conquista é como a explosão de água contida em um abismo de mil braças de profundidade.

Capítulo (V)

Estratégia Militar

Sun Tzu disse: *o controle de uma grande força segue o mesmo princípio que o controle de uma pequena tropa: é uma mera questão de números.*

Capítulo { V }

Lutar com um grande exército sob seu comando não é, de modo algum, diferente de lutar com um pequeno grupo: é uma mera questão de estabelecer símbolos e sinalizações. Durante o confronto, utilize operações diretas e indiretas para assegurar que toda a tropa possa se sobrepor ao ataque inimigo e se manter inabalável. O impacto de seu exército deve ser como o de uma pedra atirada contra ovos.

Em todo confronto, o método direto pode ser usado para que o inimigo se engaje na batalha, e os métodos indiretos serão necessários para assegurar a vitória.

As táticas indiretas, se eficientemente aplicadas, são inexauríveis como céu e terra, infinitas como as correntes de um rio, como o sol e a lua, que aparecem e desaparecem em um ciclo contínuo, como as quatro estações que passam e retornam uma vez mais.

Não existem mais do que cinco notas musicais, ainda que a combinação entre elas crie mais melodias do que jamais será possível ouvir. Não existem mais do que cinco cores primárias, ainda que a combinação entre elas produza mais nuances do que se é capaz de perceber. Também não existem mais do que cinco sabores, mas as combinações dão origem a mais sabores do que se pode degustar.

Da mesma forma não existe em combate mais que dois métodos de ataque - o direto e o indireto; ainda que esses dois combinados dêem origem a uma série sem fim de manobras táticas. Ambos os métodos, direto e o indireto, interagem e guiam um ao outro. É como movimentos circulares - em que nunca se sabe diferenciar começo e fim.

Estratégias de Ataque

O ataque das tropas é como a força de corredeiras, que vez ou outra faz pedras rolarem durante o curso; é como a escolha do momento preciso do ataque realizado por uma ave de rapina, que pode derrubar e destruir sua vítima. Portanto, o bom combatente não terá misericórdia ao atacar e será ligeiro ao tomar decisões.

Em meio à baderna e confusão da batalha, pode parecer haver desordem e mesmo assim não haver desordem por completo. Em meio à confusão e caos, sua ordem pode não ser ouvida ou seguida, e ainda assim sua tropa não poderá ser derrotada.

Desordem simulada exige uma perfeita disciplina, medo simulado supõe coragem e fraqueza aparente exige força. Regras sob o disfarce de desordem é uma mera questão de subdivisão. Coragem camuflada sob uma aparência de timidez pressupõe uma base de poder latente; mascarar a força pela fraqueza é usar das disposições táticas. Dessa forma, aquele que é habilidoso em manter o inimigo ludibriado mantém a aparência enganosa. Ele sacrifica algo que o inimigo pode conquistar e, ao manter a isca à mostra, se mantém em combate; e então com o corpo de um homem pré-selecionado à mostra, ele mente à espera de dar o bote.

O comandante esperto presta atenção ao resultado de energias combinadas, de modo a potencializar suas forças e sem exigir demais dos indivíduos. Ao potencializar forças, o bom líder envia seus homens à guerra como lenha ou rochas, visto que a natureza da lenha e das rochas é imóvel. Uma vez em repouso, não se movimentam, apenas reagem aos movimentos recebidos. Se possuírem a forma de uma roda irão rolar até encontrar algo forte o bastante para as deter.

Capítulo { V }

Assim, a estratégia militar elaborada por bons guerreiros é como uma rocha redonda, que desce uma montanha de mil pés de altura: quase não requer força para dar início a um movimento, mas tem efeito devastador.

Capítulo (VI)

Pontos Fracos e Fortes

Sun Tzu disse: *em geral, aquele que for o primeiro a ocupar o campo e aguardar a chegada do inimigo estará descansado para o combate. Aquele que chegar depois ao campo de batalha e se precipitar para entrar em combate estará exausto.*

Capítulo { VI }

Dessa forma é que o combatente esperto se impõe frente ao inimigo, e não permite que o adversário esteja com o controle da movimentação em campo. Ao oferecer vantagens ao outro, o inimigo se aproximará por vontade própria ou, para impedi-lo, torne impossível a aproximação inimiga. Assim sendo, se o inimigo estiver tendo facilidade, perturbe-o; se bem abastecido por alimento, faça com que ele morra de fome; se bem acampado, force-o a se movimentar de modo que o inimigo deva se apressar para ter chances de defesa; marche com rapidez para lugares em que não for esperado.

Um exército pode marchar grandes distâncias sem qualquer perigo, se o faz por territórios em que o inimigo não está.

Para ser bem sucedido em ataques, deve-se atacar apenas em lugares indefensáveis. Da mesma forma, assegurar a defesa de suas posições significa se defender apenas em locais nos quais o inimigo não pode atacar. Portanto, ao lutar contra um general habilidoso, o oponente nunca saberá previamente o quê defender, nem saberá por qual lado o inimigo atacará.

A divina arte da sutileza e discrição! Deve-se aprender maneiras de se tornar invisível e inaudível. Dessa forma o destino de seus inimigos estará em suas mãos. É possível avançar e ser absolutamente irresistível, se o fizer contra os pontos fracos do inimigo, assim como pode-se retirar e estar fora de alcance adversário se seus movimentos são mais rápidos do que o de seus inimigos.

Portanto, se desejamos lutar, o inimigo será forçado a um confronto mesmo que esteja abrigado atrás de fossos profundos e grandes trincheiras. Tudo o que se deve fazer é atacar um ponto que ele seja obrigado a defender. Se o intuito for evitar o enfrentamento, deve-se prevenir que o inimigo nos obrigue a lutar, evitando que ele venha ao nosso encontro. Mesmo que os limites de nosso acampamento estejam traçados, tudo o que precisamos fazer é atirar algo estranho e inconcebível à maneira deles como forma de confundi-los.

Ao descobrir a posição do inimigo e enquanto nos mantemos invisíveis, as forças podem ser concentradas, enquanto as do inimigo estarão dispersas. Se um exército forma um corpo único e unido enquanto o inimigo estiver espalhado em frações, haverá um comando completo contra partes separadas de um todo, o que significa que podemos ser muitos para poucos inimigos. E se estivermos aptos dessa forma a atacar uma força inferior com uma superior, nossos oponentes estarão em terríveis apuros.

O lugar escolhido para a batalha não deve ser revelado ao adversário, para que o inimigo tenha que se preparar contra possíveis ataques em muitos pontos diferentes, e suas forças tenham que ser distribuídas em muitas direções. Assim, qualquer unidade a ser enfrentada será proporcionalmente menor. Para que o inimigo possa fortalecer sua frente de batalha, terá que enfraquecer a parte retaguarda; se optar por fortalecer a retaguarda, então terá que enfraquecer sua vanguarda; se quiser fortalecer seu lado esquerdo, então o lado direito ficará à mercê; e se desejar fortalecer sua direita, então a esquerda estará desprotegida. Ao enviar reforços a qualquer um dos pontos, todos eles estarão vulneráveis.

Fraqueza numérica tem origem na necessidade de ter que se preparar

Capítulo { VI }

contra possíveis ataques. Já a força numérica decorre da tática de forçar o adversário a ter que tomar tais precauções.

Tendo ciência do local e hora da batalha, deve-se concentrar a grandes distâncias. Mas sem saber nem do tempo nem do lugar da batalha, então a ala esquerda ficará impotente para socorrer a direita, a frente de batalha não será capaz de ajudar a retaguarda, ou o contrário.

Ainda que os inimigos sejam numericamente superiores, não significa que eles possam investir contra o nosso exército. A vitória pode ser, portanto, alcançada, mesmo que o inimigo seja maior em termos numéricos.

Encontre maneiras de descobrir os planos adversários e a probabilidade de que eles obtenham sucesso. Incite-os, e aprenda o princípio da atividade ou inatividade. Force-os a se revelarem, a expor seus pontos vulneráveis. Compare cuidadosamente o exército oponente com o seu, para então descobrir onde reside a força em abundância e onde estão as deficiências.

No desenvolvimento de disposições táticas, o objetivo maior é esconder seus planos, e então se livrar de espiões camuflados bisbilhotando, e das maquinações do mais sábio dos estrategistas. A vitória pode ser produzida pelas táticas dos próprios inimigos - elemento que a multidão não consegue compreender. Todo homem pode perceber as táticas pelas quais se vence uma batalha; o que ninguém consegue enxergar é a estratégia existente por trás da vitória absoluta.

Não repita as táticas com as quais conquistou uma vitória. Deixe seus métodos serem regulados pela variedade infinita de circunstâncias.

Pontos Fracos e Fortes

Táticas militares são como água, que em seu curso natural corre dos locais altos, e então se precipita. Assim, durante a guerra, o caminho é evitar o que é forte e derrubar o que é fraco. A água toma contornos conforme o solo sob o qual percorre seu caminho, e o soldado deve trabalhar sua vitória conforme o inimigo que enfrenta.

Logo, assim como a água não possui uma forma constante, também a guerra não possui condições invariáveis. Os cinco elementos - água, fogo, madeira, metal e terra - não estão igualmente presentes, as quatro estações se transformam umas nas outras, o que significa que não são eternas. Existem dias pequenos e longos, a lua tem períodos de crescente, para então minguar. Aquele que for capaz de modificar suas táticas com relação ao oponente e, através disso, obter a vitória, será um adversário intransponível.

Capítulo (VII)

Manobras

Sun Tzu disse: na guerra, o general que recebe comandos do soberano deve concentrar suas forças, deve combinar e harmonizar os diferentes elementos para criar um exército engajado. Depois disso vêm as táticas de manobras, e nada é mais difícil.

Capítulo { VII }

A dificuldade das táticas de manobra consiste em transformar uma estrada tortuosa em um caminho conveniente, em transformar desgraça em vitória. Dessa forma, faça do caminho do inimigo um percurso longo e tortuoso, atraia-o para fora do caminho, e mesmo que comece depois dele, planeje-se para alcançar seus objetivos antes. Mostre compreender o artifício do desvio.

Manobrar um exército pode ser vantajoso, mas manobrar uma multidão indisciplinada será perigoso. Por isso, mandar um exército equipado em marcha às pressas todos serão capturados.

Por esta razão, sacrificar suas armaduras e suprimentos e forçar seus homens a marchar sem descanso dia e noite, cobrindo o dobro da distância usual com a finalidade de tirar vantagem, resultará na captura dos líderes de todas as suas três divisões.

Seus homens mais fortes ficariam longe da vanguarda, os cansados cairiam atrás, e apenas 1/10 de seu exército conseguiria alcançar o destino. Em uma marcha de cinquenta *li* em ordem para ganhar vantagem sobre o inimigo, o comandante de sua primeira divisão seria abatido e apenas metade de sua força alcançaria o objetivo. Se for necessário marchar trinta *li*, 2/3 de seu exército concluiria o percurso.

Deve-se ter em mente que um exército que não tem como carregar seus suprimentos, equipamentos e provisões está perdido. Não faça alianças até que conheça os contornos dos vizinhos. Não deixe o país sem seu exército em marcha, a menos que seja íntimo do país - que conheça suas montanhas e florestas, cascatas e precipícios, seus pântanos e brejos. Apenas se estará apto a tirar vantagem de elementos da natureza caso se faça uso de guias locais.

Manobras

Na guerra, pratique a dissimulação e será bem-sucedido. A decisão de concentrar ou dividir suas tropas deve ser tomada de acordo com as circunstâncias. Seja rápido como o vento para avançar, e firme como uma floresta. Em invasões e pilhagens seja rápido como o fogo, e quando precisar ser imóvel, seja como uma montanha. Deixe seus planos obscuros e impenetráveis como a noite, e então mova-se, caia como raio. Ao saquear uma cidade, deixe a pilhagem ser dividida entre seus homens. Pondere e tome decisões antes de se movimentar. Irá conquistar aquele que tiver aprendido o artifício do desvio. Assim é a arte de manobrar.

O *livro de manutenção do exército diz:* no campo de batalha a palavra dita não importa muito, portanto, a instituição de tambores e baterias. Nem objetos ordinários podem ser vistos com clareza o bastante: por isso os estandartes e bandeiras. Tambores e baterias, estandartes e bandeiras são os meios pelos quais os ouvidos e olhos da tropa podem focar em um ponto particular. A tropa, assim, forma um único corpo unido, e é impossível, mesmo para o corajoso avançar sozinho, ou para o covarde recuar sozinho. Essa é a arte de manipular grandes massas humanas.

Em combates noturnos, faça uso de sinais de fogo e baterias, e em combates diários, use bandeiras e estandartes, como maneira de guiar os ouvidos e olhos de seu exército.

O espírito de um soldado é mais aguçado pela manhã; ao meio-dia começa a esmorecer, e ao entardecer sua mente quer apenas voltar para o acampamento.

Um general inteligente evita um exército quando seu espírito é aguçado, mas ataca quando é preguiçoso e inclinado a recuar. Essa é a

Capítulo { VII }

arte de estudar temperamentos. Disciplinados e calmos para aguardar a aparência de desordem e confusão entre o inimigo. Essa é a arte de administrar a força.

Aguarde ficar próximo ao alvo enquanto o inimigo ainda está distante dele; espere enquanto o inimigo trabalha e se esforça, para estar bem alimentado enquanto o inimigo está faminto - essa é a arte de poupar forças.

Não dê início a uma batalha quando os estandartes inimigos estão em perfeita ordem para ensaiar um ataque orquestrado com calma e confiança - essa é a arte de estudar circunstâncias.

Não avance colinas para enfrentar o inimigo, nem aquele que estiver de costas para o pé da colina. Não persiga um inimigo que simule fuga, nem ataque soldados cujo temperamento é perspicaz. Não coma as iscas oferecidas pelo inimigo. Não interfira com um exército que está voltando para casa. Ao cercar um exército, deixe uma saída, caso contrário o inimigo lutará até a morte. Não pressione um inimigo desesperado demais. Assim é a arte da guerra.

Capítulo

(VIII)

Variações Táticas

Sun Tzu disse: *ao receber ordens de seu soberano, o general deve reunir o exército e concentrar suas forças. Quando estiver em locais difíceis, não acampe. Em países cujas altas rotas se intersectam, dê as mãos aos seus aliados. Não prolongue a estada em posições perigosamente isoladas. Em situações de confinamento recorra a estratégias. Em posições de desespero, é preciso lutar.*

Capítulo { VIII }

Existem caminhos que não devem ser seguidos, exércitos que não devem ser atacados, cidades que não devem ser sitiadas, posições que não devem ser contestadas, ordens superiores que não devem ser obedecidas. O general que compreender perfeitamente as vantagens que acompanham a variação de táticas sabe como liderar sua tropa. O general que não compreender isso, mesmo que conhecedor profundo dos territórios do país, não está apto a transformar esse conhecimento em medidas práticas.

Então, o aprendiz não é versado na arte da guerra e em variar seus planos, mesmo que tenha ciência de suas cinco vantagens, falhará ao fazer o melhor uso de seus homens. Portanto, nos planos de um líder sábio, considerações de vantagem e desvantagem se misturam.

Se as expectativas de vantagens forem moderadas dessa maneira, é possível obter sucesso ao executar os pontos principais de nossos esquemas. Se, por outro lado, em meio às dificuldades estamos constantemente prontos para tirar vantagem, podemos nos livrar da desgraça.

Enfraqueça os comandantes hostis infligindo danos a eles, criando problemas e mantendo-os constantemente ocupados. Atraia-os e faça com que se precipitem a cada passo dado.

A arte da guerra nos ensina a não contar com a possibilidade de que o inimigo não venha, mas a estar em prontidão para recebê-los. Não na chance de que o inimigo não ataque, mas no fato de termos tornado nossa posição inatingível.

Existem 5 faltas perigosas que podem afetar um general:

Variações Táticas

1. **Imprudência**, que leva à destruição;
2. **Covardia**, que leva à captura;
3. *Temperamento vulnerável*, o que pode provocar o descontrole;
4. *Sensibilidade de honra à vergonha*. Um general não deve se ofender intempestivamente e buscar reparação;
5. *Compaixão em excesso com seus homens*, o que o expõe a preocupações e problemas.

Esses são os cinco pecados que afligem constantemente um general, destruidores na condução da guerra. Quando um exército rui e seu líder é assassinado, a razão para isso certamente será encontrada entre essas cinco perigosas faltas. Deixe-as ser um assunto de meditação.

Capítulo (IX)

O Exército em Marcha

Sun Tzu disse: *observe os sinais do inimigo. Atravesse rapidamente as montanhas, e mantenha-se nas vizinhanças dos vales. Acampe em locais altos e ensolarados e não escale ao topo da montanha para lutar.*

Capítulo { IX }

Após atravessar o rio, distancie-se de sua margem rapidamente. Não faça a travessia quando estiver em presença do inimigo. Não o confronte na água. Apenas quando metade do exército estiver fora da água haverá alguma vantagem em enfrentar o adversário.

Não se deve ir ao encontro do invasor na margem de um rio pelo qual ele tenha já passado. Atraque sua embarcação mais alto do que o inimigo, em local ensolarado. Não escale para encontrar o inimigo.

Ao atravessar pântanos, sua maior preocupação deve ser sair deles o mais rápido possível. Caso seja obrigado a lutar em um pântano, você deve ter água e vegetação pantaneira por perto, e arvoredos às tuas costas. É o caminho para operações em pântanos.

Em terras elevadas e secas, posicione-se em local acessível com terreno elevado em seu flanco direito e sua retaguarda, assim o perigo ficará à sua frente, e a segurança estará situada atrás. É o bastante para operações em terrenos planos.

Essas são as quatro ramificações úteis de conhecimento militar deixadas pelo imperador amarelo para vencer quatro diferentes soberanos.

Em geral os exércitos preferem terrenos elevados e locais ensolarados. Acampe seus homens em solo firme, e o exército estará livre de doenças de todo tipo. Essas condições serão um sinal de vitória.

Quando for a uma colina ou margem, ocupe o lado ensolarado, à frente do sopé da montanha. Dessa forma você irá ao menos agir em

O Exército em Marcha

benefício de seus homens. Quando, em conseqüência de tempestades no território, um rio que você deseja atravessar formar uma torrente e engrossar, você deve aguardar até que as águas retomem ao curso natural.

Territórios nos quais existam penhascos e precipícios com deslizamentos, profundos abismos naturais, locais confinados, bosques traiçoeiros, pântanos e rachaduras devem ser abandonados o mais rápido possível e ser evitados. Enquanto nos mantemos distantes de tais lugares, devemos deixar o inimigo se aproximar deles, devemos atrair o inimigo para os perigos dos quais acabamos de nos livrar.

Seja cauteloso com territórios vizinhos ao seu acampamento, onde houver terrenos com bosques, lagos cercados por plantas aquáticas, vales cheios de junco, ou árvores com raízes grossas, pois são locais propícios para emboscadas e esconderijos de espiões.

Quando o inimigo estiver ao alcance e se manter em repouso, ele está contando com a resistência natural de sua posição. Quando ele se mantém afastado e tenta provocar o conflito, ele está ansioso para que o outro lado avance. Se o acampamento dele for de fácil acesso, ele está oferecendo uma isca, e na realidade conta com proteção.

Movimentações entre as árvores de uma floresta mostram que o inimigo está avançando. A existência de obstáculos por entre os arbustos significa que o inimigo pretende nos confundir. O voar súbito dos pássaros é sinal de emboscada. Animais assustados indicam que um ataque surpresa está a caminho.

Capítulo { IX }

Quando há poeira subindo em uma camada elevada, é sinal de que os carros de guerra estão avançando, quando a poeira está baixa e espalhada sobre uma grande área, é sinal de que a infantaria está se aproximando. Quando se ramificam em diferentes direções, isso mostra que destacamentos foram mandados para coletar lenha. Algumas poucas nuvens de poeira em movimento significam que o exército está montando acampamento.

Sussurros e preparativos para guerra são sinais de que o inimigo está prestes a avançar. Linguagem violenta e movimentos agressivos indicam que o inimigo irá recuar. Quando as carroças mais leves chegam primeiro e tomam posição nos flancos, é um sinal de que o inimigo está se organizando para o combate.

Proposta de paz desacompanhada de um juramento convincente indica uma conspiração. Quando existe muita movimentação e sua tropa está em movimentação, o momento da batalha está por vir. Quando alguns homens são vistos avançando enquanto outros recuam, o inimigo quer nos atrair para uma armadilha.

Quando os soldados se mantêm apoiados em suas armas, eles estão fatigados à espera de alimento. Se aqueles que forem mandados para apanhar água começam a beber antes de todos, é sinal de que o exército está sedento. Se o inimigo vê uma vantagem para ser vitorioso e não faz esforço para assegurar isso, os soldados estão exaustos.

Se os pássaros se juntam em algum ponto, provavelmente é porque esse terreno está desocupado. Ruídos à noite são sinais de nervosismo. Se existem distúrbios no acampamento, a autoridade do general é fraca. Se os estandartes e bandeiras mudam de lugar a toda hora, um motim está a caminho. Se os oficiais estiverem furiosos, então os soldados estão esgotados.

Quando um exército alimenta seus cavalos com grãos e mata seu gado para se alimentar, e quando os homens penduram suas panelas sobre as fogueiras, mostrando que eles não irão voltar às suas tendas, tenha certeza de que eles estão determinados a lutar até a morte.

A visão de homens sussurrando em pequenos grupos ou conversando em tons suaves revela pontos de desafeto entre subordinados e superiores. Recompensas muito frequentes significam que o inimigo está no fim de seus recursos.

Punições em excesso sinalizam condições de terríveis agonias. Iniciar com ameaças, mas depois se aterrorizar com os números do inimigo mostra uma grande falta de inteligência.

Quando emissários são enviados com parabenizações em seus lábios, é sinal de que o inimigo deseja trégua.

Se as tropas inimigas marcham adiante com raiva e nos encaram por muito tempo sem dar inicio à batalha ou se retirarem, a situação demanda vigilância criteriosa e cuidado. Se nossas tropas não são maiores em números do que o inimigo, isso é apenas sinal de que ataques diretos não devem ser feitos. Deve-se, simplesmente, concentrar as forças disponíveis, manter os olhos abertos ao inimigo e obter reforços.

Aquele que não se exercita premeditadamente, mas o faz com leveza de seus oponentes certamente será capturado por eles. Se os soldados

Capítulo { IX }

são punidos antes de crescerem junto a você, eles não irão provar submissão, e, a menos que sejam submisso, eles lhe serão inúteis. Se, quando os soldados se juntarem a você, punições não forem usadas, eles serão úteis. Dessa forma, os soldados devem ser tratados em primeiro lugar com humanidade, mas mantê-los sob controle significa disciplina rigorosa. Esse é o caminho garantido para a vitória.

Se em treinamento os comandos dos soldados são normalmente forçados, o exército será bem disciplinado, caso contrário, será indisciplinado. Se o general mostra confiança em seus homens mas sempre insiste que suas ordens sejam obedecidas, a vantagem será mútua.

Capítulo (X)

Terreno

Sun Tzu disse: *as principais configurações de terrenos são: acessível, complicado, indeciso, estreito, acidentado e distante.*

Capítulo { X }

Devemos distinguir seis tipos de terreno com sabedoria:

1. *Terreno acessível;*
2. *Terreno complicado;*
3. *Terrenos indecisos;*
4. *Passagens estreitas;*
5. *Acidentado;*
6. *6. Distante do inimigo.*

Terrenos que podem ser livremente atravessados por ambos os lados são chamados acessíveis. Com respeito à natureza do terreno, seja o primeiro a ocupar os pontos elevados e ensolarados, e cuidadosamente guarde sua linha de suprimentos. Então você estará apto a lutar com vantagem.

Terrenos que permitem avanço mas são de difícil evacuação são denominados complicados. De uma posição desse tipo, se o inimigo estiver despreparado, você pode seguir adiante e derrotá-lo. Mas se o inimigo está preparado para sua chegada e você falhar ao tentar derrotá-lo, então voltar será impossível e o desastre se sucederá.

Quando a posição é tal que nenhum lado ganhará fazendo um primeiro movimento, então tem-se os terrenos indecisos. Numa posição desse tipo, mesmo que o inimigo nos ofereça uma isca atrativa, é prudente não se movimentar, e sim retroceder, incitando, dessa forma, o inimigo, e então quando parte do exército vier ao nosso encontro, podemos realizar nosso ataque com vantagem.

Terreno

Com respeito às passagens estreitas, se você puder ocupá-las primeiro, deixe-as serem fortemente guarnecidas e aguarde a chegada do inimigo. O exército deve antecipar você ao ocupar a passagem, não vá depois dele se a passagem estiver repleta de guarnições, mas apenas se estiver fracamente guarnecida.

Em terrenos altos e acidentados, se estiveres à frente de seu adversário, ocupe os espaços ensolarados e destacados, e então espere que eles se aproximem. Se o inimigo ocupou o território antes de você, não o siga, mas bata em retirada e tente atraí-lo para fora dali.

Se estiver posicionado a boa distância do inimigo e a força de ambos os exércitos for equivalente, não será fácil provocar uma batalha, e lutar será desvantajoso para você.

Esses são os seis princípios ligados ao terreno. O general que atende a um posto de responsabilidade deve ser meticuloso ao estudá-lo. Um exército que se expõe a essas calamidades padece não de causas naturais, mas de falhas pelas quais o general é responsável.

São elas:

1. *Debandagem;*
2. *Insubordinação;*
3. *Colapso;*
4. *Ruína;*
5. *Desorganização;*
6. *Derrota.*

Capítulo { X }

Em casos nos quais as vantagens são equiparadas, atacar um inimigo com exército dez vezes maior, o resultará em debandagem.

Quando os soldados rasos são muito fortes e seus oficiais muito fracos, o resultado é a insubordinação. Quando o oficial é forte demais e os soldados são fracos o resultado é o colapso.

Se os oficiais de alto posto estão irritados e insubordinados, e ao encontrar o inimigo, dar à batalha suas próprias razões a partir de um ressentimento, antes que o líder possa dizer se está ou não em posição de combate, o resultado será a ruína.

Quando um general é fraco e sem autoridade, e suas ordens não são claras; quando não existem responsabilidades fixas de oficiais e homens e os postos forem organizados de maneira negligente e aleatória, o resultado não é outro senão a desorganização.

Se um general for incapaz de estimar a força do inimigo, permitindo que uma força inferior confronte uma maior, ou atirando um destacamento fraco contra um poderoso, o resultado será a derrota.

Essas são as seis maneiras de atrair a derrota, e que devem ser, cuidadosamente, estudadas pelo general responsável.

A formação natural de uma área é a melhor aliada de um exército, mas o poder de avaliar o adversário, de controlar a tropa para a vitória e calcular com astúcia as dificuldades, perigos e distâncias constituem o teste de um grande general. Aquele que souber essas informações, e ao combater colocar seu conhecimento em prática, vencerá suas batalhas. Aqueles que os desconhecem ou não os praticam, certamente serão derrotados.

Terreno

Em guerras, se o resultado da vitória for certo, então deve-se lutar, mesmo que o soberano tenha proibido. Se lutar não for resultar em vitória, então não entre em confronto mesmo que o imperador ordene.

O general que avança sem desejar fama e recua sem temer desgraça, e cuja única razão é defender seu território, prestando bons serviços a seu soberano, é o tesouro de um reino.

Honre seus soldados assim como aos seus filhos, e eles os seguirão até nos vales mais profundos. Olhe para eles como seus amados filhos, e eles ficarão ao seu lado até a morte. Se, contudo, você for de bom coração, mas indulgente, incapaz de fazer com que sua autoridade seja sentida, de impor suas ordens, e incapaz, ainda mais, de sufocar a desordem, então seus soldados serão como crianças mimadas; inúteis para qualquer prática.

Se temos conhecimento de que nossos homens estão em condições de ataque, mas ignoramos que o inimigo não está aberto ao confronto, estamos apenas a meio caminho da vitória.

Saber que o inimigo está pronto para o confronto, mas ignorar que nossos homens não estão em condições de atacar, reduz para metade as chances de chegar à vitória.

Se sabemos que o inimigo está aberto para o ataque, e também sabemos que nossos homens estão em condições de atacar, mas não temos ciência de que as condições do território torna o combate impraticável, ainda temos apenas metade de chances de vencer. Portanto, o soldado experiente, uma vez em movimento, nunca está desorientado, e uma vez que tiver partido do acampamento, nunca estará fracassado.

Capítulo { X }

Por isso se diz que: se você conhece o inimigo e a si mesmo, a vitória é inquestionável. Se conhece o terreno e as condições, você pode tornar sua vitória absoluta.

Capítulo (XI)

As Nove Situações

Sun Tzu disse: *a arte da guerra reconhece nove variedades de território: o dispersivo, o agradável, o controverso, o aberto, o de intersecção de estradas, o terreno crítico, o difícil, o vulnerável e o perigoso.*

Capítulo { XI }

Existem nove situações de acordo com os terrenos:

1. *Território dispersivo;*
2. *Território agradável;*
3. *Território controverso;*
4. *Território aberto;*
5. Áreas de intersecção de estradas;
6. *Território crítico;*
7. *Territórios difíceis;*
8. Áreas vulneráveis;
9. *Terras perigosas.*

Quando um líder está lutando em seu próprio território, é um solo dispersivo.

Quando o exército penetra em um território hostil, mas não à grande distância, é um território agradável.

Solos na posse de quem possui grande vantagem para ambos os lados é um território controverso.

Territórios em que cada lado possui liberdade de movimento é território aberto.

Áreas que fazem fronteiras com muitos Estados são terrenos de intersecção de estradas. Aquele que ocupar primeiro tem a maioria do império em seu comando, quando o exército penetra no coração de um país hostil, deixando uma série de cidades fortificadas para trás é um terreno crítico.

Florestas montanhosas, estepes pedregosos, pântanos e brejos - todo o terreno difícil de atravessar são territórios difíceis.

Áreas atingidas por estreitos desfiladeiros, e de onde podemos sair por caminhos tortuosos, de modo que um pequeno número de inimigos seja o bastante para exterminar grande parte de nossos homens, são territórios vulneráveis.

Solos nos quais apenas estaremos a salvo pela destruição de lutar sem descanso, são áreas perigosas.

Em solo dispersivo, portanto, não lute. Em solo agradável, não hesite. Em áreas controversas, não ataque. Em território aberto, não tente bloquear a passagem do inimigo. Em áreas de intersecção de estradas, faça alianças. Em terras críticas, faça pilhagens. Em territórios hostis, mantenha-se firmemente em marcha. Em terrenos propícios a emboscadas, recorra a estratagemas, Em solos perigosos, lute.

Aqueles que no passado eram conhecidos como líderes habilidosos sabiam como impedir que a frente recorresse à retaguarda do inimigo, e vice-versa; impedir a cooperação entre divisões, os oficiais de reunir seus homens.

Eles se organizavam para movimentar apenas se houvesse vantagem para suas tropas. Caso contrário, permaneciam estacionados.

Se perguntados como se confrontar com uma tropa inimiga bem

Capítulo { XI }

ordenada e pronta para marchar rumo ao ataque, eles responderiam: «comece se apropriando de algo estimado pelo seu oponente, e então ele estará em suas mãos».

Agilidade é a essência da guerra: tire vantagem do despreparo do inimigo, faça seu caminho por rotas inesperadas, e ataque pontos desprotegidos.

Os seguintes princípios devem ser observados por uma força invasora: quanto mais profundo você penetrar em um território, então melhor será a solidariedade entre seus homens de modo que os defensores não prevalecerão contra você; ataque países férteis como forma de suprir seu exército com alimento e não sobrecarregue seus homens.

Concentre energias e junte suas forças. Mantenha seu exército constantemente em movimento, e elabore planos insondáveis. Coloque seus soldados em posições das quais não haja escapatória, e eles preferirão morrer a debandar. Se eles encararem a morte, não existirá nada que eles não possam fazer. Oficiais e homens empregarão igualmente suas forças máximas.

Quando em situações de apuros, os soldados perdem a noção de medo. Se não houver lugar em que se refugiar, eles irão permanecer firmes. Se estiverem em países hostis, se mostrarão uma tropa insistente e lutarão bravamente.

Dessa forma, sem esperar por orientações, os soldados estarão em constante alerta, farão suas vontades sem restrições, lhe serão fiéis sem que seja preciso lhes dar ordens e serão confiáveis.

As Nove Situações

Proíba a tomada de presságios, e acabe com as questões supersticiosas. Assim, até que a morte venha por ela mesma, nenhuma calamidade precisa ser temida. Se seus soldados não são sobrecarregados com dinheiro, não é porque eles não gostam de riqueza; se a vida deles não for desnecessariamente longa, não é porque eles não tendem à longevidade.

No dia em que forem ordenados para sair em batalha, seus soldados podem verter lágrimas, sentados com as vestes úmidas, ou deitados para que deixem as lágrimas rolarem pela face. Entretanto, uma vez levados a uma situação desesperadora, eles mostrarão a coragem de Chu ou Kuei.

O estrategista habilidoso pode ser parecido com a shuaijan. A shuaijan é uma cobra encontrada no monte Ch'ang. Dê um golpe em sua cabeça, e será atacado por sua cauda. Ataque sua cauda e você será acertado pela cabeça. Dê um golpe no meio, e então você será atacado por ambas as partes.

Se me perguntarem se um exército pode ser ensinado a imitar a shuaijan, eu devo responder: sim. Os povos de Wu e de Yeh, por exemplo, que são inimigos, ainda que eles estejam atravessando o rio e sejam surpreendidos por uma tempestade, recorrerão à assistência um do outro assim como a mão esquerda ajuda a direita.

Por isso, não basta apenas depositar toda a confiança nos arreios dos cavalos e enterrar as rodas da carroça no solo. O princípio é que o manejo do exército está baseado em dar coragem a todos. Fazer o melhor reside em equilibrar firmeza e flexibilidade; questão que envolve o uso correto do solo.

Capítulo { XI }

Dessa forma, o general habilidoso conduz seu exército como se estivesse guiando apenas um homem pela mão. É trabalho do general ser discreto e dessa forma assegurar segredo, ser correto e justo, e dessa forma manter a ordem. Deve ser capaz de enganar seus oficiais e homens com falsas notícias e aparências, e dessa forma mantê-los na total ignorância.

Alterando suas arregimentações ou mudando seus planos, ele mantém o inimigo sem conhecimento prévio. Ao deslocar o acampamento e tomar rotas alternativas, previne-se que o inimigo se antecipe ao seu propósito.

Em momentos críticos, o líder de um exército atua como quem escalou até as alturas e chutou para longe a escada atrás dele. Ele carrega seus homens até o fundo de territórios hostis, antes de mostrar sua mão. Ele queima seus barcos e quebra suas panelas. Como um pastor que conduz um rebanho de carneiros, ele conduz seus homens dessa maneira mesmo que não saiba para onde está indo. Ele passa em revista a sua tropa e os traz perigo. Essa é a tarefa do general.

As diferentes medidas adotadas para as nove variedades de solo, o uso de táticas defensivas ou ofensivas e as leis fundamentais da natureza humana são pontos que devem ser mais, minuciosamente, estudados.

Ao invadir territórios hostis, o princípio do general é que, adentrar profundamente um terreno é sinal de coesão, enquanto ir apenas um pouco além da fronteira é sinal de dispersão.

Ao deixar seu próprio país para trás, levando o exército pela vizinhança, você se encontra em território crítico. Se existem homens

As Nove Situações

de comunicação em todos os quatro lados, a área é de intersecção de estradas. Quando se adentra no território de um país, é um terreno crítico. Quando se invade um território, mas de maneira leve, é um território agradável, e se a fortaleza do inimigo estiver em sua retaguarda, com passagens estreitas pela frente, tem-se uma área cercada. Quando não resta lugar para se refugiar, então temos um terreno perigoso.

Então, em solos dispersivos, inspire seus homens com o propósito de união. Em solos agradáveis, perceba que existe uma conexão próxima entre todas as partes do exército. Em solos contenciosos, preocupe-se com sua retaguarda, e em áreas abertas, mantenha seus olhos vigilantes em suas defesas.

Se estiver em terras de intersecção de estradas, consolide alianças, e em territórios críticos, assegure a manutenção de suprimentos. Em solos difíceis, mantenha-se junto à rota. Em áreas cercadas, bloqueie qualquer forma de recuo, e em solos perigosos, proclame seus soldados desesperançosos a salvar suas vidas.

Para isso deve estar disposto o soldado: para oferecer resistência obstinada quando cercado; para lutar bravamente quando não puder ajudar a ele mesmo; e, para obedecer prontamente quando estiver caindo em perigo.

Não se alie a líderes da vizinhança até conhecer seus planos. Não lidere um exército em uma marcha, a menos que esteja familiarizado com o aspecto do país - suas montanhas e florestas, armadilhas e precipícios, seus pântanos e brejos. Para tirar vantagens de fatores naturais, faça uso de guias locais.

Capítulo { XI }

Um exército digno de um rei não deve ignorar os seguintes fatores:

- Recompense sem respeitar as regras, lance ordens sem respeitar os arregimentos prévios e você será capaz de controlar um exército inteiro como se lidasse com um único homem;

- Confronte seus soldados com suas próprias façanhas, nunca deixe-os saber de seus planos. Coloque seu exército em perigo mortal, e ele sobreviverá. Faça-o passar por estradas perigosas, e ele se safará em segurança. Para isso é precisamente quando a força é prejudicada de modo que seja capaz de surpreender como um vendaval;

- O sucesso na guerra é conquistado por meio do estudo cuidadoso dos propósitos do inimigo. Pela suspensão permanente nos flancos do inimigo, devemos seguir uma longa corrida para assassinar o comandante chefe. Isso é denominado habilidade de concluir algo por meio de mudanças táticas perspicazes;

- No dia em que a declaração de guerra for dada, bloqueie todas as passagens das fronteiras, destrua os registros oficiais, e proíba a passagem de todos os emissários. Seja austero na sala de conselho e então terá chance de controlar a situação;

- Se o inimigo deixar uma porta aberta, você deve avançar. Antecipar-se ao seu oponente segurando o que ele possui de estimado, e tramar astutamente para saber o momento exato de sua chegada ao território.

Siga os princípios determinados e adapte-se ao inimigo até que você possa lutar a batalha decisiva. Primeiramente, então, exiba o pudor de uma donzela, até que o inimigo lhe dê uma abertura. Depois, simule a rapidez de uma lebre em fuga, e será tarde demais para o inimigo esboçar qualquer reação.

Capítulo (XII)

Ataque Pelo Fogo

Sun Tzu disse: existem cinco maneiras de atacar com fogo. O primeiro é queimar os soldados em seus acampamentos; o segundo é queimando provisões; o terceiro é queimar transportes e equipamentos; o quarto, queimar arsenais e depósitos; e, o quinto, é lançar fogo contínuo ao inimigo.

Capítulo { XII }

Para realizar um ataque incendiário, deve-se ter sempre homens disponíveis e material inflamável sempre à prontidão.

Existe uma razão específica para fazer ataque com fogo e dias especiais para iniciar um ataque. As estações adequadas são as de clima muito seco.

Em ataques com fogo, deve-se estar preparado para encontrar cinco possibilidades de situações:

1. Quando o fogo rompe o acampamento do inimigo, deve-se esperar por uma reação imediata;

2. Se houver uma explosão de fogo, mas os soldados inimigos permaneceram em silêncio, aguarde sem atacar;

3. Quando as labaredas de fogo tiverem atingido as alturas, dê prosseguimento ao ataque, se for praticável, caso contrário permaneça onde está;

4. Se for possível fazer um ataque com fogo de fora do campo inimigo, não invada as fronteiras, mas ataque quando o momento for adequado;

5. Quando der início ao fogo, esteja posicionado na direção do vento. O vento que cresce conforme as horas do dia, mas cessa quando a noite cai. Tome cuidado para não ser surpreendido.

Em todo o exército, as cinco decorrências relacionadas ao fogo devem ser conhecidas, os movimentos das estrelas calculados e a atenção redobrada para os dias mais apropriados.

Ataque Pelo Fogo

Dessa forma, aqueles que usam o fogo como método de ataque mostram inteligência, enquanto aqueles que utilizam água no ataque não garantem que o inimigo seja privado de suas provisões. Um inimigo poderá ser interceptado, mas não privados de todos os seus pertences.

As tentativas de vencer a batalha e obter sucesso resultarão em perda de tempo e estagnação geral se o espírito de grupo não for cultivado.

Não se mova, a não ser que esteja em vantagem, não use suas tropas, a menos que não exista algo para ser conquistado, nem lute, a menos que esteja em posição crítica. Nenhum líder deve colocar tropas no campo apenas para reparar sua própria angústia, nem deve lutar uma batalha meramente por ressentimento.

Se a vantagem for sua, mova-se adiante. Caso contrário, permaneça onde está.

A ira pode se transformar com o tempo em felicidade, o vexame pode vir seguido de satisfação, mas um reino que foi uma vez destruído não pode nunca voltar a ser o que era, nem pode o morto ser trazido novamente à vida.

Dessa forma, o líder iluminado é atencioso. Essa é a maneira de manter um país em paz e um exército intacto.

Capítulo (XIII)

O Uso de Espiões

Sun Tzu disse: *construir uma tropa de cem mil homens e conduzi-los à grandes distâncias gera grande perda de pessoas e o escoamento de recursos do Estado.*

Capítulo { XIII }

A expedição diária custará mil peças de ouro por dia. Haverá comoção local e exterior, os homens cairão exaustos nas estradas e 700 mil famílias terão dificuldades em sobreviver.

Exércitos inimigos podem se enfrentar por anos em busca de uma vitória que será decidida em um único dia. Portanto, ignorar as condições do inimigo simplesmente para poupar despesas é o ponto mais alto de desumanidade. Por isso, não lamente as despesas empregadas para obter informações do inimigo.

Dessa forma, o que torna alguém um sobrevivente e um bom general para destruir e conquistar, e ir além daquilo que procura um homem comum, é o conhecimento externo. Agora, esse conhecimento externo não pode ser obtido a partir das almas; não pode ser obtido por meio da experiência, nem por cálculos dedutivos.

Conhecimento acerca das táticas inimigas pode ser obtido por meio de outro homem.

Portando, o uso de espiões, existe em 5 classes:

1. *Espiões locais;*
2. *Espiões infiltrados;*
3. *Espiões convertidos (agentes duplos);*
4. *Espiões mortos ou prescindíveis;*
5. *Espiões sobreviventes.*

O Uso de Espiões

Quando esses cinco tipos de espiões estiverem em ação, conjuntamente, ninguém pode descobrir a tática secreta. Isso é o que se denomina "manipulação divina". É a faculdade mais preciosa de um sobrevivente.

Possuir espiões locais significa empregar os serviços dos habitantes da região. Possuir espiões infiltrados implica fazer uso de oficiais do inimigo que ocupem cargos governamentais. Ter agentes duplos consiste em aprisionar os espiões inimigos e fazer uso deles para seu próprio benefício. Empregar espiões prescindíveis serve para disseminar a desinformação para fora do Estado. Eles permitem que informações falsas vazem e cheguem aos ouvidos do inimigo. Os espiões sobreviventes, por fim, são aqueles que trazem de volta notícias do acampamento inimigo.

Ninguém deve ser mais bem recompensado. Nenhum outro negócio deve ser mais bem assegurado em segredo. Espiões não podem ser empregados sem uma certa sagacidade intuitiva. Eles não podem ser conduzidos propriamente sem benevolência e honestidade. Sem uma sutil ingenuidade de mente, não se pode ter certeza da veracidade de suas notícias.

Sê sutil! Sê sutil! E use espiões para toda a sorte de negócios.

Se uma série de informações secretas forem divulgadas por um espião antes da hora certa, ele deve ser morto junto daquele a quem o segredo foi revelado.

Caso o objetivo seja exterminar um exército, devastar uma cidade, ou assassinar um indivíduo, é sempre necessário começar pela procura dos nomes dos assistentes, os ajudantes pessoais, porteiros e sentinelas

Capítulo { XIII }

do general no comando. Os espiões devem ser encarregados de se investigar e se certificar de todos eles.

Os espiões inimigos que forem espiar seu acampamento devem ser tentados por suborno, guiados e acomodados confortavelmente. Dessa forma, eles se tornarão agentes duplos aptos a prestar serviços. É por meio das informações trazidas pelo espião convertido – ou agente duplo – que é possível empregar espiões prescindíveis para disseminar calúnia e agentes vivos para obter informações.

O objetivo da espionagem em todas as cinco variedades é conhecer mais acerca do inimigo; e esse conhecimento pode apenas ser derivado, em primeira instância, a partir do agente duplo. Dessa forma, é essencial que o espião convertido seja tratado com generosidade.

Na antiguidade, quando surgiu a dinastia Yin, eles tinham I Chih em Hsia. Da mesma forma, quando surgiu a dinastia Chou, eles tinham Lu Ya em Yin.

Assim, apenas com o esclarecimento das regras um sábio general que saiba usar a mais alta inteligência do exército para propósitos de espionagem poderá alcançar grandes feitos. Espiões são a essência da arte da guerra; porque deles depende a capacidade do exército de se locomover.

Planeje seus objetivos e metas utilizando como base o texto já lido.

[Historical Context]

Sun Tzu, life and work

Little is known about Sun Tzu's life. The few and limited biographies about the general portray him as the king of Wu province subject. I would have lived during the "Classic" China, a politically troubled time, full of wars and territorial disputes. A period in which the armies were organized in very rigidly and led by generals with a philosophical point of view of the war. It is believed to have lived between 544-496 BC and was known as a connoisseur of war strategies. There is no precise information on the biography of Sun Tzu. Just know that inthe command of armies, was known for winning many battles using the teachings that were later compiled into a book. Two generations later, his grandson, Sun Pi, would continue their grandfather's teachings with Military Methods. The work, however, failed to achieve the same success ancestor, since it has a more flowery language and more limited concepts.

Many historians argue further that Sun Tzu did not exist, and that he is a legendary figure. Thus, the concepts of The Art of War would be actually a compilation of military strategies developed over a period of time and several theme connoisseurs.

[Sumary]

I: Laying Plans 87

II: Waging War 93

III: Attack by Stratagem 97

IV: Tactical Dispositions 101

V: Energy 105

VI: Weak Points and Strong 109

VII: Maneuvering 115

VIII: Variation in Tactics 121

IX: The Army on the March 125

X: Terrain 133

XI: The Nine Situations 139

XII: The Attack by Fire 149

XIII: The Use of Spies 153

Chapter

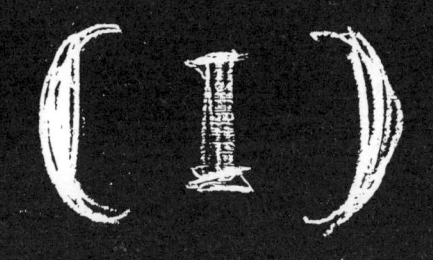

(I)

Laying Plans

Capítulo { I }

1. Sun Tzu said: The art of war is of vital importance to the State.

2. It is a matter of life and death, a road either to safety or to ruin. Hence it is a subject of inquiry which can on no account be neglected.

3. The art of war, then, is governed by five constant factors, to be taken into account in one's deliberations, when seeking to determine the conditions obtaining in the field.

4. These are:
    1. The Moral Law;
    2. Heaven;
    3. Earth;
    4. The Commander;
    5. Method and discipline.

5,6. The Moral Law causes the people to be in complete accord with their ruler, so that they will follow him regardless of their lives, undismayed by any danger.

7. Heaven signifies night and day, cold and heat, times and seasons.

8. Earth comprises distances, great and small; danger and security; open ground and narrow passes; the chances of life and death.

9. The Commander stands for the virtues of wisdom, sincerely, benevolence, courage and strictness.

10. By method and discipline are to be understood the marshaling of

Laying Plans

the army in its proper subdivisions, the graduations of rank among the officers, the maintenance of roads by which supplies may reach the army, and the control of military expenditure.

11. These five heads should be familiar to every general: he who knows them will be victorious; he who knows them not will fail.

12. Therefore, in your deliberations, when seeking to determine the military conditions, let them be made the basis of a comparison, in this wise:

13.
1. Which of the two generals has most ability?
2. With whom lie the advantages derived from
3. Heaven and Earth?
4. On which side is discipline most rigorously enforced?
5. Which army is stronger?
6. On which side are officers and men more highly trained?
7. In which army is there the greater constancy both in reward and punishment?

14. By means of these seven considerations I can forecast victory or defeat.

15. The general that hearkens to my counsel and acts upon it, will conquer: let such a one be retained in command! The general that hearkens not to my counsel nor acts upon it, will suffer defeat: - let such a one be dismissed!

16. While heading the profit of my counsel, avail yourself also of any

Capítulo { I }

helpful circumstances over and beyond the ordinary rules.

17. According as circumstances are favorable, one should modify one's plans.

18. All warfare is based on deception.

19. Hence, when able to attack, we must seem unable; when using our forces, we must seem inactive; when we are near, we must make the enemy believe we are far away; when far away, we must make him believe we are near.

20. Hold out baits to entice the enemy. Feign disorder, and crush him.

21. If he is secure at all points, be prepared for him. If he is in superior strength, evade him.

22. If your opponent is of choleric temper, seek to irritate him. Pretend to be weak, that he may grow arrogant.

23. If he is taking his ease, give him no rest. If his forces are united, separate them.

24. Attack him where he is unprepared, appear where you are not expected.

25. These military devices, leading to victory, must not be divulged beforehand.
26. Now the general who wins a battle makes many calculations

Laying Plans

in his temple ere the battle is fought. The general who loses a battle makes but few calculations beforehand. Thus do many calculations lead to victory, and few calculations to defeat: how much more no calculation at all! It is by attention to this point that I can foresee who is likely to win or lose.

Chapter

(II)

Waging War

Capítulo { II }

1. Sun Tzu said: In the operations of war, where there are in the field a thousand swift chariots, as many heavy chariots, and a hundred thousand mail-clad soldiers, with provisions enough to carry them a thousand li, the expenditure at home and at the front, including entertainment of guests, small items such as glue and paint, and sums spent on chariots and armor, will reach the total of a thousand ounces of silver per day. Such is the cost of raising an army of 100,000 men.

2. When you engage in actual fighting, if victory is long in coming, then men's weapons will grow dull and their ardor will be damped. If you lay siege to a town, you will exhaust your strength.

3. Again, if the campaign is protracted, the resources of the State will not be equal to the strain.

4. Now, when your weapons are dulled, your ardor damped, your strength exhausted and your treasure spent, other chieftains will spring up to take advantage of your extremity. Then no man, however wise, will be able to avert the consequences that must ensue.

5. Thus, though we have heard of stupid haste in war, cleverness has never been seen associated with long delays.

6. There is no instance of a country having benefited from prolonged warfare.

7. It is only one who is thoroughly acquainted with the evils of war that can thoroughly understand the profitable way of carrying it on.

Waging War

8. The skillful soldier does not raise a second levy, neither are his supply-wagons loaded more than twice.

9. Bring war material with you from home, but forage on the enemy. Thus the army will have food enough for its needs.

10. Poverty of the State exchequer causes an army to be maintained by contributions from a distance. Contributing to maintain an army at a distance causes the people to be impoverished.

11. On the other hand, the proximity of an army causes prices to go up; and high prices cause the people's substance to be drained away.

12. When their substance is drained away, the peasantry will be afflicted by heavy exactions.

13,14. With this loss of substance and exhaustion of strength, the homes of the people will be stripped bare, and three-tenths of their income will be dissipated; while government expenses for broken chariots, wornout horses, breast-plates and helmets, bows and arrows, spears and shields, protective mantles, draught-oxen and heavy wagons, will amount to four-tenths of its total revenue.

15. Hence a wise general makes a point of foraging on the enemy. One cartload of the enemy's provisions is equivalent to twenty of one's own, and likewise a single picul of his provender is equivalent to twenty from one's own store.

16. Now in order to kill the enemy, our men must be roused to anger;

Capítulo { II }

that there may be advantage from defeating the enemy, they must have their rewards.

17. Therefore in chariot fighting, when ten or more chariots have been taken, those should be rewarded who took the first. Our own flags should be substituted for those of the enemy, and the chariots mingled and used in conjunction with ours. The captured soldiers should be kindly treated and kept.

18. This is called, using the conquered foe to augment one's own strength.

19. In war, then, let your great object be victory, not lengthy campaigns.

20. Thus it may be known that the leader of armies is the arbiter of the people's fate, the man on whom it depends whether the nation shall be in peace or in peril.

Chapter

(III)

Attack by Stratagem

Capítulo { III }

1. Sun Tzu said: In the practical art of war, the best thing of all is to take the enemy's country whole and intact; to shatter and destroy it is not so good. So, too, it is better to recapture an army entire than to destroy it, to capture a regiment, a detachment or a company entire than to destroy them.

2. Hence to fight and conquer in all your battles is not supreme excellence; supreme excellence consists in breaking the enemy's resistance without fighting.

3. Thus the highest form of generalship is to balk the enemy's plans; the next best is to prevent the junction of the enemy's forces; the next in order is to attack the enemy's army in the field; and the worst policy of all is to besiege walled cities.

4. The rule is, not to besiege walled cities if it can possibly be avoided. The preparation of mantlets, movable shelters, and various implements of war, will take up three whole months; and the piling up of mounds over against the walls will take three months more.

5. The general, unable to control his irritation, will launch his men to the assault like swarming ants, with the result that one-third of his men are slain while the town still remains untaken. Such are the disastrous effects of a siege.

6. Therefore the skillful leader subdues the enemy's troops without any fighting; he captures their cities without laying siege to them; he overthrows their kingdom without lengthy operations in the field.

Attack by Stratagem

7. With his forces intact he will dispute the mastery of the Empire, and thus, without losing a man, his triumph will be complete. This is the method of attacking by stratagem.

8. It is the rule in war, if our forces are ten to the enemy's one, to surround him; if five to one, to attack him; if twice as numerous, to divide our army into two.

9. If equally matched, we can offer battle; if slightly inferior in numbers, we can avoid the enemy; if quite unequal in every way, we can flee from him.

10. Hence, though an obstinate fight may be made by a small force, in the end it must be captured by the larger force.

11. Now the general is the bulwark of the State; if the bulwark is complete at all points; the State will be strong; if the bulwark is defective, the State will be weak.

12. There are three ways in which a ruler can bring misfortune upon his army:—

13. (1) By commanding the army to advance or to retreat, being ignorant of the fact that it cannot obey. This is called hobbling the army.

14. (2) By attempting to govern an army in the same way as he administers a kingdom, being ignorant of the conditions which obtain in an army. This causes restlessness in the soldier's minds.

15. (3) By employing the officers of his army without discrimination, through ignorance of the military principle of adaptation to circumstances. This shakes the confidence of the soldiers.

16. But when the army is restless and distrustful, trouble is sure to come from the other feudal princes. This is simply bringing anarchy into the army, and flinging victory away.

17. Thus we may know that there are five essentials for victory:
   1. He will win who knows when to fight and when not to fight.
   2. He will win who knows how to handle both superior and inferior forces.
   3. He will win whose army is animated by the same spirit throughout all its ranks.
   4. He will win who, prepared himself, waits to take the enemy unprepared.
   5. He will win who has military capacity and is not interfered with by the sovereign.

18. Hence the saying: If you know the enemy and know yourself, you need not fear the result of a hundred battles. If you know yourself but not the enemy, for every victory gained you will also suffer a defeat. If you know neither the enemy nor yourself, you will succumb in every battle.

Chapter (IV)

Tactical Dispositions

Capítulo { IV }

1. Sun Tzu said: The good fighters of old first put themselves beyond the possibility of defeat, and then waited for an opportunity of defeating the enemy.

2. To secure ourselves against defeat lies in our own hands, but the opportunity of defeating the enemy is provided by the enemy himself.

3. Thus the good fighter is able to secure himself against defeat, but cannot make certain of defeating the enemy.

4. Hence the saying: One may know how to conquer without being able to do it.

5. Security against defeat implies defensive tactics; ability to defeat the enemy means taking the offensive.

6. Standing on the defensive indicates insufficient strength; attacking, a superabundance of strength.

7. The general who is skilled in defense hides in the most secret recesses of the earth; he who is skilled in attack flashes forth from the topmost heights of heaven. Thus on the one hand we have ability to protect ourselves; on the other, a victory that is complete.

8. To see victory only when it is within the ken of the common herd is not the acme of excellence.

9. Neither is it the acme of excellence if you fight and conquer and the whole Empire says, "Well done!"

Tactical Dispositions

10. To lift an autumn hair is no sign of great strength; to see the sun and moon is no sign of sharp sight; to hear the noise of thunder is no sign of a quick ear.

11. What the ancients called a clever fighter is one who not only wins, but excels in winning with ease.

12. Hence his victories bring him neither reputation for wisdom nor credit for courage.

13. He wins his battles by making no mistakes. Making no mistakes is what establishes the certainty of victory, for it means conquering an enemy that is already defeated.

14. Hence the skillful fighter puts himself into a position which makes defeat impossible, and does not miss the moment for defeating the enemy.

15. Thus it is that in war the victorious strategist only seeks battle after the victory has been won, whereas he who is destined to defeat first fights and afterwards looks for victory.

16. The consummate leader cultivates the moral law, and strictly adheres to method and discipline; thus it is in his power to control success.

17. In respect of military method, we have, firstly, Measurement; secondly, Estimation of quantity; thirdly, Calculation; fourthly, Balancing of chances; fifthly, Victory.

Capítulo { IV }

18. Measurement owes its existence to Earth; Estimation of quantity to Measurement; Calculation to Estimation of quantity; Balancing of chances to Calculation; and Victory to Balancing of chances.

19. A victorious army opposed to a routed one, is as a pound's weight placed in the scale against a single grain.

20. The onrush of a conquering force is like the bursting of pent-up waters into a chasm a thousand fathoms deep.

Chapter

(V)

Energy

Capítulo { V }

1. Sun Tzu said: The control of a large force is the same principle as the control of a few men: it is merely a question of dividing up their numbers.

2. Fighting with a large army under your command is nowise different from fighting with a small one: it is merely a question of instituting signs and signals.

3. To ensure that your whole host may withstand the brunt of the enemy's attack and remain unshaken — this is effected by maneuvers direct and indirect.

4. That the impact of your army may be like a grindstone dashed against an egg — this is effected by the science of weak points and strong.

5. In all fighting, the direct method may be used for joining battle, but indirect methods will be needed in order to secure victory.

6. Indirect tactics, efficiently applied, are inexhaustible as Heaven and Earth, unending as the flow of rivers and streams; like the sun and moon, they end but to begin anew; like the four seasons, they pass away to return once more.

7. There are not more than five musical notes, yet the combinations of these five give rise to more melodies than can ever be heard.

8. There are not more than five primary colors (blue, yellow, red, white, and black), yet in combination they produce more hues than can ever been seen.

Energy

9. There are not more than five cardinal tastes (sour, acrid, salt, sweet, bitter), yet combinations of them yield more flavors than can ever be tasted.

10. In battle, there are not more than two methods of attack — the direct and the indirect; yet these two in combination give rise to an endless series of maneuvers.

11. The direct and the indirect lead on to each other in turn. It is like moving in a circle — you never come to an end. Who can exhaust the possibilities of their combination?

12. The onset of troops is like the rush of a torrent which will even roll stones along in its course.

13. The quality of decision is like the well-timed swoop of a falcon which enables it to strike and destroy its victim.

14. Therefore the good fighter will be terrible in his onset, and prompt in his decision.

15. Energy may be likened to the bending of a crossbow; decision, to the releasing of a trigger.

16. Amid the turmoil and tumult of battle, there may be seeming disorder and yet no real disorder at all; amid confusion and chaos, your array may be without head or tail, yet it will be proof against defeat.

Capítulo { V }

17. Simulated disorder postulates perfect discipline, simulated fear postulates courage; simulated weakness postulates strength.

18. Hiding order beneath the cloak of disorder is simply a question of subdivision; concealing courage under a show of timidity presupposes a fund of latent energy; masking strength with weakness is to be effected by tactical dispositions.

19. Thus one who is skillful at keeping the enemy on the move maintains deceitful appearances, according to which the enemy will act. He sacrifices something, that the enemy may snatch at it.

20. By holding out baits, he keeps him on the march;
then with a body of picked men he lies in wait for him.

21. The clever combatant looks to the effect of combined energy, and does not require too much from individuals. Hence his ability to pick out the right men and utilize combined energy.

22. When he utilizes combined energy, his fighting men become as it were like unto rolling logs or stones. For it is the nature of a log or stone to remain motionless on level ground, and to move when on a slope; if four-cornered, to come to a standstill, but if roundshaped, to go rolling down.

23. Thus the energy developed by good fighting men is as the momentum of a round stone rolled down a mountain thousands of feet in height. So much on the subject of energy.

Chapter (VI)

Weak Points and Strong

Capítulo { VI }

1. Sun Tzu said: Whoever is first in the field and awaits the coming of the enemy, will be fresh for the fight; whoever is second in the field and has to hasten to battle will arrive exhausted.

2. Therefore the clever combatant imposes his will on the enemy, but does not allow the enemy's will to be imposed on him.

3. By holding out advantages to him, he can cause the enemy to approach of his own accord; or, by inflicting damage, he can make it impossible for the enemy to draw near.

4. If the enemy is taking his ease, he can harass him; if well supplied with food, he can starve him out; if quietly encamped, he can force him to move.

5. Appear at points which the enemy must hasten to defend; march swiftly to places where you are not expected.

6. An army may march great distances without distress, if it marches through country where the enemy is not.

7. You can be sure of succeeding in your attacks if you only attack places which are undefended.You can ensure the safety of your defense if you only hold positions that cannot be attacked.

8. Hence that general is skillful in attack whose opponent does not know what to defend; and he is skillful in defense whose opponent does not know what to attack.

Weak Points and Strong

9. O divine art of subtlety and secrecy! Through you we learn to be invisible, through you inaudible; and hence we can hold the enemy's fate in our hands.

10. You may advance and be absolutely irresistible, if you make for the enemy's weak points; you may retire and be safe from pursuit if your movements are more rapid than those of the enemy.

11. If we wish to fight, the enemy can be forced to an engagement even though he be sheltered behind a high rampart and a deep ditch. All we need do is attack some other place that he will be obliged to relieve.

12. If we do not wish to fight, we can prevent the enemy from engaging us even though the lines of our encampment be merely traced out on the ground. All we need do is to throw something odd and unaccountable in his way.

13. By discovering the enemy's dispositions and remaining invisible ourselves, we can keep our forces concentrated, while the enemy's must be divided.

14. We can form a single united body, while the enemy must split up into fractions. Hence there will be a whole pitted against separate parts of a whole, which means that we shall be many to the enemy's few.

15. And if we are able thus to attack an inferior force with a superior one, our opponents will be in dire straits.

Capítulo { VI }

16. The spot where we intend to fight must not be made known; for then the enemy will have to prepare against a possible attack at several different points; and his forces being thus distributed in many directions, the numbers we shall have to face at any given point will be proportionately few.

17. For should the enemy strengthen his van, he will weaken his rear; should he strengthen his rear, he will weaken his van; should he strengthen his left, he will weaken his right; should he strengthen his right, he will weaken his left. If he sends reinforcements everywhere, he will everywhere be weak.

18. Numerical weakness comes from having to prepare against possible attacks; numerical strength, from compelling our adversary to make these preparations against us.

19. Knowing the place and the time of the coming battle, we may concentrate from the greatest distances in order to fight.

20. But if neither time nor place be known, then the left wing will be impotent to succor the right, the right equally impotent to succor the left, the van unable to relieve the rear, or the rear to support the van. How much more so if the furthest portions of the army are anything under a hundred LI apart, and even the nearest are separated by several LI!

21. Though according to my estimate the soldiers of Yueh exceed our own in number, that shall advantage them nothing in the matter of victory. I say then that victory can be achieved.

Weak Points and Strong

22. Though the enemy be stronger in numbers, we may prevent him from fighting. Scheme so as to discover his plans and the likelihood of their success.

23. Rouse him, and learn the principle of his activity or inactivity. Force him to reveal himself, so as to find out his vulnerable spots.

24. Carefully compare the opposing army with your own, so that you may know where strength is superabundant and where it is deficient.

25. In making tactical dispositions, the highest pitch you can attain is to conceal them; conceal your dispositions, and you will be safe from the prying of the subtlest spies, from the machinations of the wisest brains.

26. How victory may be produced for them out of the enemy's own tactics — that is what the multitude cannot comprehend.

27. All men can see the tactics whereby I conquer, but what none can see is the strategy out of which victory is evolved.

28. Do not repeat the tactics which have gained you one victory, but let your methods be regulated by the infinite variety of circumstances.

29. Military tactics are like unto water; for water in its natural course runs away from high places and hastens downwards.

30. So in war, the way is to avoid what is strong and to strike at what is weak.

Capítulo { VI }

31. Water shapes its course according to the nature of the ground over which it flows; the soldier works out his victory in relation to the foe whom he is facing.

32. Therefore, just as water retains no constant shape, so in warfare there are no constant conditions.

33. He who can modify his tactics in relation to his opponent and thereby succeed in winning, may be called a heaven-born captain.

34. The five elements (water, fire, wood, metal, earth) are not always equally predominant; the four seasons make way for each other in turn. There are short days and long; the moon has its periods of waning and waxing.

Chapter

(VII)

Maneuvering

Capítulo { VII }

1. Sun Tzu said: In war, the general receives his commands from the sovereign.

2. Having collected an army and concentrated his forces, he must blend and harmonize the different elements thereof before pitching his camp.

3. After that, comes tactical maneuvering, than which there is nothing more difficult. The difficulty of tactical maneuvering consists in turning the devious into the direct, and misfortune into gain.

4. Thus, to take a long and circuitous route, after enticing the enemy out of the way, and though starting after him, to contrive to reach the goal before him, shows knowledge of the artifice of DEVIATION.

5. Maneuvering with an army is advantageous; with an undisciplined multitude, most dangerous.

6. If you set a fully equipped army in march in order to snatch an advantage, the chances are that you will be too late. On the other hand, to detach a flying column for the purpose involves the sacrifice of its baggage and stores.

7. Thus, if you order your men to roll up their buffcoats, and make forced marches without halting day or night, covering double the usual distance at a stretch, doing a hundred LI in order to wrest an advantage, the leaders of all your three divisions will fall into the hands of the enemy.

Maneuvering

8. The stronger men will be in front, the jaded ones will fall behind, and on this plan only one-tenth of your army will reach its destination.

9. If you march fifty LI in order to outmaneuver the enemy, you will lose the leader of your first division, and only half your force will reach the goal.

10. If you march thirty LI with the same object, two-thirds of your army will arrive.

11. We may take it then that an army without its baggage-train is lost; without provisions it is lost; without bases of supply it is lost.

12. We cannot enter into alliances until we are acquainted with the designs of our neighbors.

13. We are not fit to lead an army on the march unless we are familiar with the face of the country — its mountains and forests, its pitfalls and precipices, its marshes and swamps.

14. We shall be unable to turn natural advantage to account unless we make use of local guides.

15. In war, practice dissimulation, and you will succeed.

16. Whether to concentrate or to divide your troops, must be decided by circumstances.

17. Let your rapidity be that of the wind, your compactness that of the forest.

Capítulo { VII }

18. In raiding and plundering be like fire, is immovability like a mountain.

19. Let your plans be dark and impenetrable as night, and when you move, fall like a thunderbolt.

20. When you plunder a countryside, let the spoil be divided amongst your men; when you capture new territory, cut it up into allotments for the benefit of the soldiery.

21. Ponder and deliberate before you make a move.

22. He will conquer who has learnt the artifice of deviation. Such is the art of maneuvering.

23. The Book of Army Management says: On the field of battle, the spoken word does not carry far enough: hence the institution of gongs and drums. Nor can ordinary objects be seen clearly enough: hence the institution of banners and flags.

24. Gongs and drums, banners and flags, are means whereby the ears and eyes of the host may be focused on one particular point.

25. The host thus forming a single united body, is it impossible either for the brave to advance alone, or for the cowardly to retreat alone. This is the art of handling large masses of men.

26. In night-fighting, then, make much use of signal fires and drums, and in fighting by day, of flags and banners, as a means of influencing

Maneuvering

the ears and eyes of your army.

27. A whole army may be robbed of its spirit; a commander-in-chief may be robbed of his presence of mind.

28. Now a soldier's spirit is keenest in the morning; by noonday it has begun to flag; and in the evening, his mind is bent only on returning to camp.

29. A clever general, therefore, avoids an army when its spirit is keen, but attacks it when it is sluggish and inclined to return. This is the art of studying moods.

30. Disciplined and calm, to await the appearance of disorder and hubbub amongst the enemy: — this is the art of retaining self-possession.

31. To be near the goal while the enemy is still far from it, to wait at ease while the enemy is toiling and struggling, to be well-fed while the enemy is famished: — this is the art of husbanding one's strength.

32. To refrain from intercepting an enemy whose banners are in perfect order, to refrain from attacking an army drawn up in calm and confident array: — this is the art of studying circumstances.

33. It is a military axiom not to advance uphill against the enemy, nor to oppose him when he comes downhill.

34. Do not pursue an enemy who simulates flight; do not attack soldiers whose temper is keen.

Capítulo { VII }

35. Do not swallow bait offered by the enemy. Do not interfere with an army that is returning home.

36. When you surround an army, leave an outlet free. Do not press a desperate foe too hard.

37. Such is the art of warfare.

Chapter

(VIII)

Variation in Tactics

Capítulo { VIII }

1. Sun Tzu said: In war, the general receives his commands from the sovereign, collects his army and concentrates his forces.

2. When in difficult country, do not encamp. In country where high roads intersect, join hands with your allies. Do not linger in dangerously isolated positions. In hemmed-in situations, you must resort to stratagem. In desperate position, you must fight.

3. There are roads which must not be followed, armies which must be not attacked, towns which must be besieged, positions which must not be contested, commands of the sovereign which must not be obeyed.

4. The general who thoroughly understands the advantages that accompany variation of tactics knows how to handle his troops.

5. The general who does not understand these, may be well acquainted with the configuration of the country, yet he will not be able to turn his knowledge to practical account.

6. So, the student of war who is unversed in the art of war of varying his plans, even though he be acquainted with the Five Advantages, will fail to make the best use of his men.

7. Hence in the wise leader's plans, considerations of advantage and of disadvantage will be blended together.

8. If our expectation of advantage be tempered in this way, we may succeed in accomplishing the essential part of our schemes.

Variation in Tactics

9. If, on the other hand, in the midst of difficulties we are always ready to seize an advantage, we may extricate ourselves from misfortune.

10. Reduce the hostile chiefs by inflicting damage on them; and make trouble for them, and keep them constantly engaged; hold out specious allurements, and make them rush to any given point.

11. The art of war teaches us to rely not on the likelihood of the enemy's not coming, but on our own readiness to receive him; not on the chance of his not attacking, but rather on the fact that we have made our position unassailable.

12. There are five dangerous faults which may affect a general:
    1. Recklessness, which leads to destruction;
    2. cowardice, which leads to capture;
    3. a hasty temper, which can be provoked by insults;
    4. a delicacy of honor which is sensitive to shame; (5) over-solicitude for his men, which exposes him to worry and trouble.

13. These are the five besetting sins of a general, ruinous to the conduct of war.

14. When an army is overthrown and its leader slain, the cause will surely be found among these five dangerous faults. Let them be a subject of meditation.

Chapter

(IX)

The Army on the March

Capítulo { IX }

1. Sun Tzu said: We come now to the question of encamping the army, and observing signs of the enemy. Pass quickly over mountains, and keep in the neighborhood of valleys.

2. Camp in high places, facing the sun. Do not climb heights in order to fight. So much for mountain warfare.

3. After crossing a river, you should get far away from it.

4. When an invading force crosses a river in its onward march, do not advance to meet it in mid-stream. It will be best to let half the army get across, and then deliver your attack.

5. If you are anxious to fight, you should not go to meet the invader near a river which he has to cross.

6. Moor your craft higher up than the enemy, and facing the sun. Do not move up-stream to meet the enemy. So much for river warfare.

7. In crossing salt-marshes, your sole concern should be to get over them quickly, without any delay.

8. If forced to fight in a salt-marsh, you should have water and grass near you, and get your back to a clump of trees. So much for operations in salt-marches.

9. In dry, level country, take up an easily accessible position with rising ground to your right and on your rear, so that the danger may be in front, and safety lie behind. So much for campaigning in flat country.

The Army on the March

10. These are the four useful branches of military knowledge which enabled the Yellow Emperor to vanquish four several sovereigns.

11. All armies prefer high ground to low and sunny places to dark.

12. If you are careful of your men, and camp on hard ground, the army will be free from disease of every kind, and this will spell victory.

13. When you come to a hill or a bank, occupy the sunny side, with the slope on your right rear. Thus you will at once act for the benefit of your soldiers and utilize the natural advantages of the ground.

14. When, in consequence of heavy rains up-country, a river which you wish to ford is swollen and flecked with foam, you must wait until it subsides.

15. Country in which there are precipitous cliffs with torrents running between, deep natural hollows, confined places, tangled thickets, quagmires and crevasses, should be left with all possible speed and not approached.

16. While we keep away from such places, we should get the enemy to approach them; while we face them, we should let the enemy have them on his rear.

17. If in the neighborhood of your camp there should be any hilly country, ponds surrounded by aquatic grass, hollow basins filled with reeds, or woods with thick undergrowth, they must be carefully

Capítulo { IX }

routed out and searched; for these are places where men in ambush or insidious spies are likely to be lurking.

18. When the enemy is close at hand and remains quiet, he is relying on the natural strength of his position.

19. When he keeps aloof and tries to provoke a battle, he is anxious for the other side to advance.

20. If his place of encampment is easy of access, he is tendering a bait.

21. Movement amongst the trees of a forest shows that the enemy is advancing. The appearance of a number of screens in the midst of thick grass means that the enemy wants to make us suspicious.

22. The rising of birds in their flight is the sign of an ambuscade. Startled beasts indicate that a sudden attack is coming.

23. When there is dust rising in a high column, it is the sign of chariots advancing; when the dust is low, but spread over a wide area, it betokens the approach of infantry. When it branches out in different directions, it shows that parties have been sent to collect firewood. A few clouds of dust moving to and fro signify that the army is encamping.

24. Humble words and increased preparations are signs that the enemy is about to advance. Violent language and driving forward as if to the attack are signs that he will retreat.

25. When the light chariots come out first and take up a position on the

The Army on the March

wings, it is a sign that the enemy is forming for battle.

26. Peace proposals unaccompanied by a sworn covenant indicate a plot.

27. When there is much running about and the soldiers fall into rank, it means that the critical moment has come.

28. When some are seen advancing and some retreating, it is a lure.

29. When the soldiers stand leaning on their spears, they are faint from want of food.

30. If those who are sent to draw water begin by drinking themselves, the army is suffering from thirst.

31. If the enemy sees an advantage to be gained and makes no effort to secure it, the soldiers are exhausted.

32. If birds gather on any spot, it is unoccupied. Clamor by night betokens nervousness.

33. If there is disturbance in the camp, the general's authority is weak. If the banners and flags are shifted about, sedition is afoot. If the officers are angry, it means that the men are weary.

34. When an rmy feeds its horses with grain and kills its cattle for food, and when the men do not hang their cooking-pots over the camp-fires, showing that they will not return to their tents, you may know that

Capítulo { IX }

they are determined to fight to the death.

35. The sight of men whispering together in small knots or speaking in subdued tones points to disaffection amongst the rank and file.

36. Too frequent rewards signify that the enemy is at the end of his resources; too many punishments betray a condition of dire distress.

37. To begin by bluster, but afterwards to take fright at the enemy's numbers, shows a supreme lack of intelligence.

38. When envoys are sent with compliments in their mouths, it is a sign that the enemy wishes for a truce.

39. If the enemy's troops march up angrily and remain facing ours for a long time without either joining battle or taking themselves off again, the situation is one that demands great vigilance and circumspection.

40. If our troops are no more in number than the enemy, that is amply sufficient; it only means that no direct attack can be made. What we can do is simply to concentrate all our available strength, keep a close watch on the enemy, and obtain reinforcements.

41. He who exercises no forethought but makes light of his opponents is sure to be captured by them.

42. If soldiers are punished before they have grown attached to you, they will not prove submissive; and, unless submissive, then will be practically useless. If, when the soldiers have become attached to you,

The Army on the March

punishments are not enforced, they will still be unless.

43. Therefore soldiers must be treated in the first instance with humanity, but kept under control by means of iron discipline. This is a certain road to victory.

44. If in training soldiers commands are habitually enforced, the army will be well-disciplined; if not, its discipline will be bad.

45. If a general shows confidence in his men but always insists on his orders being obeyed, the gain will be mutual.

Chapter

(x)

Terrain

Capítulo { X }

1. Sun Tzu said: We may distinguish six kinds of terrain, to wit:
   1. Accessible ground;
   2. entangling ground;
   3. temporizing ground;
   4. narrow passes;
   5. precipitousheights;
   6. positions at a great distance from the enemy.

2. Ground which can be freely traversed by both sides is called accessible.

3. With regard to ground of this nature, be before the enemy in occupying the raised and sunny spots, and carefully guard your line of supplies. Then you will be able to fight with advantage.

4. Ground which can be abandoned but is hard to reoccupy is called entangling.

5. From a position of this sort, if the enemy is unprepared, you may sally forth and defeat him. But if the enemy is prepared for your coming, and you fail to defeat him, then, return being impossible, disaster will ensue.

6. When the position is such that neither side will gain by making the first move, it is called temporizing ground.

7. In a position of this sort, even though the enemy should offer us an attractive bait, it will be advisable not to stir forth, but rather to retreat, thus enticing the enemy in his turn; then, when part of his army has

Terrain

come out, we may deliver our attack with advantage.

8. With regard to narrow passes, if you can occupy them first, let them be strongly garrisoned and await the advent of the enemy.

9. Should the army forestall you in occupying a pass, do not go after him if the pass is fully garrisoned, but only if it is weakly garrisoned.

10. With regard to precipitous heights, if you are beforehand with your adversary, you should occupy the raised and sunny spots, and there wait for him to come up.

11. If the enemy has occupied them before you, do not follow him, but retreat and try to entice him away.

12. If you are situated at a great distance from the enemy, and the strength of the two armies is equal, it is not easy to provoke a battle, and fighting will be to your disadvantage.

13. These six are the principles connected with Earth. The general who has attained a responsible post must be careful to study them.

14. Now an army is exposed to six several calamities, not arising from natural causes, but from faults for which the general is responsible. These are:
   1. Flight;
   2. insubordination;
   3. collapse;

Capítulo { X }

4. ruin;
5. disorganization;
6. rout.

15. Other conditions being equal, if one force is hurled against another ten times its size, the result will be the flight of the former.

16. When the common soldiers are too strong and their officers too weak, the result is insubordination. When the officers are too strong and the common soldiers too weak, the result is collapse.

17. When the higher officers are angry and insubordinate, and on meeting the enemy give battle on their own account from a feeling of resentment, before the commander-in-chief can tell whether or no he is in a position to fight, the result is ruin.

18. When the general is weak and without authority; when his orders are not clear and distinct; when there

are no fixes duties assigned to officers and men, and the ranks are formed in a slovenly haphazard manner, the result is utter disorganization.

19. When a general, unable to estimate the enemy's strength, allows an inferior force to engage a larger one, or hurls a weak detachment against a powerful one, and neglects to place picked soldiers in the front rank, the result must be rout.

20. These are six ways of courting defeat, which must be carefully noted by the general who has attained a responsible post.

Terrain

21. The natural formation of the country is the soldier's best ally; but a power of estimating the adversary, of controlling the forces of victory, and of shrewdly calculating difficulties, dangers and distances, constitutes the test of a great general.

22. He who knows these things, and in fighting puts his knowledge into practice, will win his battles. He who knows them not, nor practices them, will surely be defeated.

23. If fighting is sure to result in victory, then you must fight, even though the ruler forbid it; if fighting will not result in victory, then you must not fight even at the ruler's bidding.

24. The general who advances without coveting fame and retreats without fearing disgrace, whose only thought is to protect his country and do good service for his sovereign, is the jewel of the kingdom.

25. Regard your soldiers as your children, and they will follow you into the deepest valleys; look upon them as your own beloved sons, and they will stand by you even unto death.

26. If, however, you are indulgent, but unable to make your authority felt; kind-hearted, but unable to enforce your commands; and incapable, moreover, of quelling disorder: then your soldiers must be likened to spoilt children; they are useless for any practical purpose.

27. If we know that our own men are in a condition to attack, but are unaware that the enemy is not open to attack, we have gone only halfway towards victory.

Capítulo { X }

28. If we know that the enemy is open to attack, but are unaware that our own men are not in a condition to attack, we have gone only halfway towards victory.

29. If we know that the enemy is open to attack, and also know that our men are in a condition to attack, but are unaware that the nature of the ground makes fighting impracticable, we have still gone only halfway towards victory.

30. Hence the experienced soldier, once in motion, is never bewildered; once he has broken camp, he is never at a loss.

31. Hence the saying: If you know the enemy and know yourself, your victory will not stand in doubt; if you know Heaven and know Earth, you may make your victory complete.

Chapter

(XI)

The Nine Situations

Capítulo { XI }

1. Sun Tzu said: The art of war recognizes nine varieties of ground:
   1. Dispersive ground;
   2. facile ground;
   3. contentious ground;
   4. open ground;
   5. ground of intersecting highways;
   6. serious ground;
   7. difficult ground;
   8. hemmed-in ground;
   9. desperate ground.

2. When a chieftain is fighting in his own territory, it is dispersive ground.

3. When he has penetrated into hostile territory, but to no great distance, it is facile ground.

4. Ground the possession of which imports great advantage to either side, is contentious ground.

5. Ground on which each side has liberty of movement is open ground.

6. Ground which forms the key to three contiguous states, so that he who occupies it first has most of the Empire at his command, is a ground of intersecting highways.

7. When an army has penetrated into the heart of a hostile country, leaving a number of fortified cities in its rear, it is serious ground.

8. Mountain forests, rugged steeps, marshes and fens— all country

The Nine Situations

that is hard to traverse: this is difficult ground.

9. Ground which is reached through narrow gorges, and from which we can only retire by tortuous paths so that a small number of the enemy would suffice to crush a large body of our men: this is hemmed in ground.

10. Ground on which we can only be saved from destruction by fighting without delay, is desperate ground.

11. On dispersive ground, therefore, fight not. On facile ground, halt not. On contentious ground, attack not.

12. On open ground, do not try to block the enemy's way. On the ground of intersecting highways, join hands with your allies.

13. On serious ground, gather in plunder. In difficult ground, keep steadily on the march.

14. On hemmed-in ground, resort to stratagem. On desperate ground, fight.

15. Those who were called skillful leaders of old knew how to drive a wedge between the enemy's front and rear; to prevent co-operation between his large and small divisions; to hinder the good troops from rescuing the bad, the officers from rallying their men.

16. When the enemy's men were united, they managed to keep them in disorder.

Capítulo { XI }

17. When it was to their advantage, they made a forward move; when otherwise, they stopped still.

18. If asked how to cope with a great host of the enemy in orderly array and on the point of marching to the attack, I should say: "Begin by seizing something which your opponent holds dear; then he will be amenable to your will."

19. Rapidity is the essence of war: take advantage of the enemy's unreadiness, make your way by unexpected routes, and attack unguarded spots.

20. The following are the principles to be observed by an invading force: The further you penetrate into a country, the greater will be the solidarity of your troops, and thus the defenders will not prevail against you.

21. Make forays in fertile country in order to supply your army with food.

22. Carefully study the well-being of your men, and do not overtax them. Concentrate your energy and hoard your strength. Keep your army continually on the move, and devise unfathomable plans.

23. Throw your soldiers into positions whence there is no escape, and they will prefer death to flight. If they will face death, there is nothing they may not achieve. Officers and men alike will put forth their uttermost strength.

24. Soldiers wheen in desperate straits lose the sense of fear. If there is

The Nine Situations

no place of refuge, they will stand firm. If they are in hostile country, they will show a stubborn front. If there is no help for it, they will fight hard.

25. Thus, without waiting to be marshaled, the soldiers will be constantly on the qui vive; without waiting to be asked, they will do your will; without restrictions, they will be faithful; without giving orders, they can be trusted.

26. Prohibit the taking of omens, and do away with superstitious doubts. Then, until death itself comes, no calamity need be feared.

27. If our soldiers are not overburdened with money, it is not because they have a distaste for riches; if their lives are not unduly long, it is not because they are disinclined to longevity.

28. On the day they are ordered out to battle, your soldiers may weep, those sitting up bedewing their garments, and those lying down letting the tears run down their cheeks. But let them once be brought to bay, and they will display the courage of a Chu or a Kuei.

29. The skillful tactician may be likened to the shuaijan. Now the shuai-jan is a snake that is found in the ChUng mountains. Strike at its head, and you will be attacked by its tail; strike at its tail, and you will be attacked by its head; strike at its middle, and you will be attacked by head and tail both.

30. Asked if an army can be made to imitate the shuaijan, I should answer, Yes. For the men of Wu and the men of Yueh are enemies; yet

Capítulo { XI }

if they are crossing a river in the same boat and are caught by a storm, they will come to each other's assistance just as the left hand helps the right.

31. Hence it is not enough to put one's trust in the tethering of horses, and the burying of chariot wheels in the ground.

32. The principle on which to manage an army is to set up one standard of courage which all must reach.

33. How to make the best of both strong and weak—
that is a question involving the proper use of ground.

34. Thus the skillful general conducts his army just as though he were leading a single man, willy-nilly, by the hand.

35. It is the business of a general to be quiet and thus ensure secrecy; upright and just, and thus maintain order.

36. He must be able to mystify his officers and men by false reports and appearances, and thus keep them in total ignorance.

37. By altering his arrangements and changing his plans, he keeps the enemy without definite knowledge. By shifting his camp and taking circuitous routes, he prevents the enemy from anticipating his purpose.

38. At the critical moment, the leader of an army acts like one who has climbed up a height and then kicks away the ladder behind him. He

The Nine Situations

carries his men deep into hostile territory before he shows his hand.

39. He burns his boats and breaks his cooking-pots; like a shepherd driving a flock of sheep, he drives his men this way and that, and nothing knows whither he is going.

40. To muster his host and bring it into danger: — this may be termed the business of the general.

41. The different measures suited to the nine varieties of ground; the expediency of aggressive or defensive tactics; and the fundamental laws of human nature: these are things that must most certainly be studied.

42. When invading hostile territory, the general principle is, that penetrating deeply brings cohesion; penetrating but a short way means dispersion.

43. When you leave your own country behind, and take your army across neighborhood territory, you find yourself on critical ground. When there are means of communication on all four sides, the ground is one of intersecting highways.

44. When you penetrate deeply into a country, it is serious ground. When you penetrate but a little way, it is facile ground.

45. When you have the enemy's strongholds on your rear, and narrow passes in front, it is hemmed-in ground. When there is no place of refuge at all, it is desperate ground.

Capítulo { XI }

46. Therefore, on dispersive ground, I would inspire my men with unity of purpose. On facile ground, I would see that there is close connection between all parts of my army.

47. On contentious ground, I would hurry up my rear.

48. On open ground, I would keep a vigilant eye on my defenses. On ground of intersecting highways, I would consolidate my alliances.

49. On serious ground, I would try to ensure a continuous stream of supplies. On difficult ground, I would keep pushing on along the road.

50. On hemmed-in ground, I would block any way of retreat. On desperate ground, I would proclaim to my soldiers the hopelessness of saving their lives.

51. For it is the soldier's disposition to offer an obstinate resistance when surrounded, to fight hard when he cannot help himself, and to obey promptly when he has fallen into danger.

52. We cannot enter into alliance with neighboring princes until we are acquainted with their designs. We are not fit to lead an army on the march unless we are familiar with the face of the country—its mountains and forests, its pitfalls and precipices, its marshes and swamps. We shall be unable to turn natural advantages to account unless we make use of local guides.

53. To be ignored of any one of the following four or five principles does not befit a warlike prince.

The Nine Situations

54. When a warlike prince attacks a powerful state, his generalship shows itself in preventing the concentration of the enemy's forces. He overawes his opponents, and their allies are prevented from joining against him.

55. Hence he does not strive to ally himself with all and sundry, nor does he foster the power of other states. He carries out his own secret designs, keeping his antagonists in awe. Thus he is able to capture their cities and overthrow their kingdoms.

56. Bestow rewards without regard to rule, issue orders without regard to previous arrangements; and you will be able to handle a whole army as though you had to do with but a single man.

57. Confront your soldiers with the deed itself; never let them know your design. When the outlook is bright, bring it before their eyes; but tell them nothing when the situation is gloomy.

58. Place your army in deadly peril, and it will survive; plunge it into desperate straits, and it will come off in safety.

59. For it is precisely when a force has fallen into harm's way that is capable of striking a blow for victory.

60. Success in warfare is gained by carefully accommodating ourselves to the enemy's purpose.

61. By persistently hanging on the enemy's flank, we shall succeed in

Capítulo { XI }

the long run in killing the commanderin-chief.

62. This is called ability to accomplish a thing by sheer cunning.

63. On the day that you take up your command, block the frontier passes, destroy the official tallies, and stop the passage of all emissaries.

64. Be stern in the council-chamber, so that you may control the situation.

65. If the enemy leaves a door open, you must rush in.

66. Forestall your opponent by seizing what he holds dear, and subtly contrive to time his arrival on the ground.

67. Walk in the path defined by rule, and accommodate yourself to the enemy until you can fight a decisive battle.

68. At first, then, exhibit the coyness of a maiden, until the enemy gives you an opening; afterwards emulate the rapidity of a running hare, and it will be too late for the enemy to oppose you.

Chapter

(XII)

The Attack by Fire

Capítulo { XII }

1. Sun Tzu said: There are five ways of attacking with fire. The first is to burn soldiers in their camp; the second is to burn stores; the third is to burn baggage trains; the fourth is to burn arsenals and magazines; the fifth is to hurl dropping fire amongst the enemy.

2. In order to carry out an attack, we must have means available. The material for raising fire should always be kept in readiness.

3. There is a proper season for making attacks with fire, and special days for starting a conflagration.

4. The proper season is when the weather is very dry; the special days are those when the moon is in the constellations of the Sieve, the Wall, the Wing or the Cross-bar; for these four are all days of rising wind.

5. In attacking with fire, one should be prepared to meet five possible developments:

6. (1) When fire breaks out inside to enemy's camp, respond at once with an attack from without.

7. (2) If there is an outbreak of fire, but the enemy's soldiers remain quiet, bide your time and do not attack.

8. (3) When the force of the flames has reached its height, follow it up with an attack, if that is practicable; if not, stay where you are.

9. (4) If it is possible to make an assault with fire from without, do not wait for it to break out within, but deliver your attack at a favorable moment.

The Attack by Fire

10. (5) When you start a fire, be to windward of it. Do not attack from the leeward.

11. A wind that rises in the daytime lasts long, but a night breeze soon falls.

12. In every army, the five developments connected with fire must be known, the movements of the stars calculated, and a watch kept for the proper days.

13. Hence those who use fire as an aid to the attack show intelligence; those who use water as an aid to the attack gain an accession of strength.

14. By means of water, an enemy may be intercepted, but not robbed of all his belongings.

15. Unhappy is the fate of one who tries to win his battles and succeed in his attacks without cultivating the spirit of enterprise; for the result is waste of time and general stagnation.

16. Hence the saying: The enlightened ruler lays his plans well ahead; the good general cultivates his resources.

17. Move not unless you see an advantage; use not your troops unless there is something to be gained; fight not unless the position is critical.

18. No ruler should put troops into the field merely to gratify his own

spleen; no general should fight a battle simply out of pique.

19. If it is to your advantage, make a forward move; if not, stay where you are.

20. Anger may in time change to gladness; vexation may be succeeded by content.

21. But a kingdom that has once been destroyed can never come again into being; nor can the dead ever be brought back to life.

22. Hence the enlightened ruler is heedful and the good general full of caution. This is the way to keep a country at peace and an army intact.

Chapter XIII

The Use of Spies

Capítulo { XIII }

1. Sun Tzu said: Raising a host of a hundred thousand men and marching them great distances entails heavy loss on the people and a drain on the resources of the State. The daily expenditure will amount to a thousand ounces of silver. There will be commotion at home and abroad, and men will drop down exhausted on the highways. As many as seven hundred thousand families will be impeded in their labor.

2. Hostile armies may face each other for years, striving for the victory which is decided in a single day. This being so, to remain in ignorance of the enemy's condition simply because one grudges the outlay of a hundred ounces of silver in honors and emoluments, is the height of inhumanity.

3. One who acts thus is no leader of men, no present help to his sovereign, no master of victory.

4. Thus, what enables the wise sovereign and the good general to strike and conquer, and achieve things beyond the reach of ordinary men, is foreknowledge.

5. Now this foreknowledge cannot be elicited from spirits; it cannot be obtained inductively from experience, nor by any deductive calculation.

6. Knowledge of the enemy's dispositions can only be obtained from other men.

7. Hence the use of spies, of whom there are five classes:
    1. Local spies;

The Use of Spies

2. inward spies;
3. converted spies;
4. doomed spies;
5. surviving spies.

8. When these five kinds of spy are all at work, none can discover the secret system. This is called "divine manipulation of the threads." It is the sovereign's most precious faculty.

9. Having local spies means employing the services of the inhabitants of a district.

10. Having inward spies, making use of officials of the enemy.

11. Having converted spies, getting hold of the enemy's spies and using them for our own purposes.

12. Having doomed spies, doing certain things openly for purposes of deception, and allowing our spies to know of them and report them to the enemy.

13. Surviving spies, finally, are those who bring back news from the enemy's camp.

14. Hence it is that which none in the whole army are more intimate relations to be maintained than with spies. None should be more liberally rewarded. In no other business should greater secrecy be preserved.

15. Spies cannot be usefully employed without a certain intuitive

Capítulo { XIII }

sagacity.

16. They cannot be properly managed without benevolence and straightforwardness.

17. Without subtle ingenuity of mind, one cannot make certain of the truth of their reports.

18. Be subtle! be subtle! and use your spies for every kind of business.

19. If a secret piece of news is divulged by a spy before the time is ripe, he must be put to death together with the man to whom the secret was told.

20. Whether the object be to crush an army, to storm a city, or to assassinate an individual, it is always necessary to begin by finding out the names of the attendants, the aides-de-camp, and door-keepers and sentries of the general in command. Our spies must be commissioned to ascertain these.

21. The enemy's spies who have come to spy on us must be sought out, tempted with bribes, led away and comfortably housed. Thus they will become converted spies and available for our service.

22. It is through the information brought by the converted spy that we are able to acquire and employ local and inward spies.

23. It is owing to his information, again, that we can cause the doomed spy to carry false tidings to the enemy.

The Use of Spies

24. Lastly, it is by his information that the surviving spy can be used on appointed occasions.

25. The end and aim of spying in all its five varieties is knowledge of the enemy; and this knowledge can only be derived, in the first instance, from the converted spy. Hence it is essential that the converted spy be treated with the utmost liberality.

26. Of old, the rise of the Yin dynasty was due to I Chih who had served under the Hsia. Likewise, the ris of the Chou dynasty was due to Lu Ya who had served under the Yin.

27. Hence it is only the enlightened ruler and the wise general who will use the highest intelligence of the army for purposes of spying and thereby they achieve great results. Spies are a most important element in water, because on them depends an army's ability to move.

Plan your goals and objectives using as a basis the text already read .

[Contexto histórico]

Sun Tzu , la vida y el trabajo

Poco se sabe sobre la vida de Sun Tzu. Los pocos y limitados biografías sobre el general lo retratan como el rey de Wu provincia tema. Me habría vivido durante el "Clásico" de China, un momento políticamente conflictiva, llena de guerras y disputas territoriales. Un periodo en el que se organizaron los ejércitos en muy rígidamente y dirigidas por los generales, con un punto de vista de la guerra filosófica. Se cree que vivió entre 544-496 a.C., y fue conocido como un conocedor de estrategias de guerra.

No hay información precisa sobre la biografía de Sun Tzu. Sólo sé que el mando de los ejércitos, era conocido por haber ganado muchas batallas utilizando las enseñanzas que más tarde fueron compilados en un libro. Dos generaciones más tarde, su nieto, Sun Pi, seguiría las enseñanzas de su abuelo con "métodos militares". El trabajo, sin embargo, no pudo lograr el mismo éxito antepasado, ya que tiene un lenguaje más florido y conceptos más limitados.

Muchos historiadores sostienen además que no existía Sun Tzu, y que es una figura legendaria. Por lo tanto, los conceptos de "El arte de la guerra" serían en realidad una compilación de estrategias militares desarrolladas en un período de tiempo y varios conocedores del tema.

[Indice]

Sobre la evaluación..165

Sobre la iniciación de las acciones.........................169

Sobre las proposiciones de la victoria y la derrota..............175

Sobre la medida en la disposición de los medios................181

Sobre la firmeza...187

Sobre lo lleno y lo vacío..193

Sobre el enfrentamiento directo e indirecto.................201

Sobre los nueve cambios...209

Sobre la distribución de los medios...........................213

Sobre la topología..223

Sobre las nueve clases de terreno..............................229

Sobre el arte de atacar por el fuego...........................241

Sobre la concordia y la discordia...............................245

Capitulo

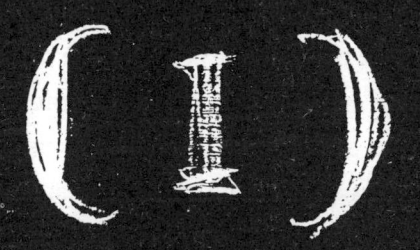

(I)

Sobre la evaluación

Capítulo { I }

Sun Tzu dice: la guerra es de vital importancia para el Estado; es el dominio de la vida o de la muerte, el camino hacia la supervivencia o la pérdida del Imperio: es forzoso manejarla bien. No reflexionar seriamente sobre todo lo que le concierne es dar prueba de una culpable indiferencia en lo que respecta a la conservación o pérdida de lo que nos es mas querido; y ello no debe ocurrir entre nosotros.

Hay que valorarla en términos de cinco factores fundamentales, y hacer comparaciones entre diversas condiciones de los bandos rivales, con vistas a determinar el resultado de la guerra.

El primero de estos factores es la doctrina; el segundo, el tiempo; el tercero, el terreno; el cuarto, el mando; y el quinto, la disciplina.

La doctrina significa aquello que hace que el pueblo esté en armonía con su gobernante, de modo que le siga donde sea, sin temer por sus vidas ni a correr cualquier peligro.

El tiempo significa el Ying y el Yang, la noche y el día, el frío y el calor, días despejados o lluviosos, y el cambio de las estaciones.

El terreno implica las distancias, y hace referencia a dónde es fácil o difícil desplazarse, y si es campo abierto o lugares estrechos, y esto influencia las posibilidades de supervivencia.

El mando ha de tener como cualidades: sabiduría, sinceridad, benevolencia, coraje y disciplina.

Por último, la disciplina ha de ser comprendida como la organización del ejército, las graduaciones y rangos entre los oficiales, la regulación de las rutas de suministros, y la provisión de material militar al ejército.

Estos cinco factores fundamentales han de ser conocidos por cada general. Aquel que los domina, vence; aquel que no, sale derrotado. Por lo tanto, al trazar los planes, han de compararse los siguiente siete factores, valorando cada uno con el mayor cuidado:

Sobre la evaluación

¿Qué dirigente es más sabio y capaz?
¿Qué comandante posee el mayor talento?
¿Qué ejército obtiene ventajas de la naturaleza y el terreno?
¿En qué ejército se observan mejor las regulaciones y las instrucciones?
¿Qué tropas son más fuertes?
¿Qué ejército tiene oficiales y tropas mejor entrenadas?
¿Qué ejército administra recompensas y castigos de forma más justa?

Mediante el estudio de estos siete factores, seré capaz de adivinar cual de los dos bandos saldrá victorioso y cual será derrotado.

El general que siga mi consejo, es seguro que vencerá. Ese general ha de ser mantenido al mando. Aquel que ignore mi consejo, ciertamente será derrotado. Ese debe ser destituido.

Tras prestar atención a mi consejo y planes, el general debe crear una situación que contribuya a su cumplimiento. Por situación quiero decir que debe tomar en consideración la situación del campo, y actuar de acuerdo con lo que le es ventajoso.

El arte de la guerra se basa en el engaño. Por lo tanto, cuando es capaz de atacar, ha de aparentar incapacidad; cuando las tropas se mueven, aparentar inactividad. Si está cerca del enemigo, ha de hacerle creer que está lejos; si está lejos, aparentar que se está cerca. Poner cebos para atraer al enemigo.

Golpear al enemigo cuando está desordenado. Prepararse contra él cuando está seguro en todas partes. Evitarle durante un tiempo cuando es más fuerte. Si tu oponente tiene un temperamento colérico, intenta irritarle. Si es arrogante, trata de fomentar su egoísmo.

Si las tropas enemigas se hallan bien preparadas tras una

Capítulo { I }

reorganización, intenta desordenarlas. Si están unidas, siembra la disensión entre sus filas. Ataca al enemigo cuando no está preparado, y aparece cuando no te espera. Estas son las claves de la victoria para el estratega.

Ahora, si las estimaciones realizadas antes de la batalla indican victoria, es porque los cálculos cuidadosamente realizados muestran que tus condiciones son más favorables que las condiciones del enemigo; si indican derrota, es porque muestran que las condiciones favorables para la batalla son menores. Con una evaluación cuidadosa, uno puede vencer; sin ella, no puede. Muchas menos oportunidades de victoria tendrá aquel que no realiza cálculos en absoluto.

Gracias a este método, se puede examinar la situación, y el resultado aparece claramente.

Capitulo

(II)

Sobre la iniciación de las acciones

Capítulo { II }

Una vez comenzada la batalla, aunque estés ganando, de continuar por mucho tiempo, desanimará a tus tropas y embotará tu espada. Si estás sitiando una ciudad, agotarás tus fuerzas. Si mantienes a tu ejército durante mucho tiempo en campaña, tus suministros se agotarán.

Las armas son instrumentos de mala suerte; emplearlas por mucho tiempo producirá calamidades. Como se ha dicho: "Los que a hierro matan, a hierro mueren." Cuando tus tropas están desanimadas, tu espada embotada, agotadas tus fuerzas y tus suministros son escasos, hasta los tuyos se aprovecharán de tu debilidad para sublevarse. Entonces, aunque tengas consejeros sabios, al final no podrás hacer que las cosas salgan bien.

Por esta causa, he oído hablar de operaciones militares que han sido torpes y repentinas, pero nunca he visto a ningún experto en el arte de la guerra que mantuviese la campaña por mucho tiempo. Nunca es beneficioso para un país dejar que una operación militar se prolongue por mucho tiempo.

Como se dice comúnmente, sé rápido como el trueno que retumba antes de que hayas podido taparte los oídos, veloz como el relámpago que relumbra antes de haber podido pestañear.

Por lo tanto, los que no son totalmente conscientes de la desventaja de servirse de las armas no pueden ser totalmente conscientes de las ventajas de utilizarlas.

Los que utilizan los medios militares con pericia no activan a sus tropas dos veces, ni proporcionan alimentos en tres ocasiones, con un mismo objetivo.

Sobre la iniciación de las acciones

Esto quiere decir que no se debe movilizar al pueblo más de una vez por campaña, y que inmediatamente después de alcanzar la victoria no se debe regresar al propio país para hacer una segunda movilización. Al principio esto significa proporcionar alimentos (para las propias tropas), pero después se quitan los alimentos al enemigo.

Si tomas los suministros de armas de tu propio país, pero quitas los alimentos al enemigo, puedes estar bien abastecido de armamento y de provisiones.

Cuando un país se empobrece a causa de las operaciones militares, se debe al transporte de provisiones desde un lugar distante. Si las transportas desde un lugar distante, el pueblo se empobrecerá.

Los que habitan cerca de donde está el ejército pueden vender sus cosechas a precios elevados, pero se acaba de este modo el bienestar de la mayoría de la población.

Cuando se transportan las provisiones muy lejos, la gente se arruina a causa del alto costo. En los mercados cercanos al ejército, los precios de las mercancías se aumentan. Por lo tanto, las largas campañas militares constituyen una lacra para el país.

Cuando se agotan los recursos, los impuestos se recaudan bajo presión. Cuando el poder y los recursos se han agotado, se arruina el propio país. Se priva al pueblo de gran parte de su presupuesto, mientras que los gastos del gobierno para armamentos se elevan.

Los habitantes constituyen la base de un país, los alimentos son la

Capítulo { II }

felicidad del pueblo. El príncipe debe respetar este hecho y ser sobrio y austero en sus gastos públicos.

En consecuencia, un general inteligente lucha por desproveer al enemigo de sus alimentos. Cada porción de alimentos tomados al enemigo equivale a veinte que te suministras a ti mismo.

Así pues, lo que arrasa al enemigo es la imprudencia, y la motivación de los tuyos en asumir los beneficios de los adversarios.

Cuando recompenses a tus hombres con los beneficios que ostentaban los adversarios los harás luchar por propia iniciativa, y así podrás tomar el poder y la influencia que tenía el enemigo. Es por esto par lo que se dice que donde hay grandes recompensas hay hombres valientes.

Por consiguiente, en una batalla de carros, recompensa primero al que tome al menos diez carros.

Si recompensas a todo el mundo, no habrá suficiente para todos, así pues, ofrece una recompensa a un soldado para animar a todos los demás. Cambia sus colores (de los soldados enemigos hechos prisioneros), utilízalos mezclados con los tuyos. Trata bien a los soldados y préstales atención. Los soldados prisioneros deben ser bien tratados, para conseguir que en el futuro luchen para ti. A esto se llama vencer al adversario e incrementar por añadidura tus propias fuerzas.

Si utilizas al enemigo para derrotar al enemigo, serás poderoso en cualquier lugar a donde vayas.

Sobre la iniciación de las acciones

Así pues, lo más importante en una operación militar es la victoria y no la persistencia. Esta última no es beneficiosa. Un ejército es como el fuego: si no lo apagas, se consumirá por sí mismo.

Por lo tanto, sabemos que el que está a la cabeza del ejército está a cargo de las vidas de los habitantes y de la seguridad de la nación.

Capitulo

(III)

Sobre las proposiciones de la victoria y la derrota

Capítulo { III }

Como regla general, es mejor conservar a un enemigo intacto que destruirlo. Capturar a sus soldados para conquistarlos y dominas a sus jefes.

Un General decía: "Practica las artes marciales, calcula la fuerza de tus adversarios, haz que pierdan su ánimo y dirección, de manera que aunque el ejército enemigo esté intacto sea inservible: esto es ganar sin violencia. Si destruyes al ejército enemigo y matas a sus generales, asaltas sus defensas disparando, reúnes a una muchedumbre y usurpas un territorio, todo esto es ganar por la fuerza."

Por esto, los que ganan todas las batallas no son realmente profesionales; los que consiguen que se rindan impotentes los ejércitos ajenos sin luchar son los mejores maestros del arte de la guerra.

Los guerreros superiores atacan mientras los enemigos están proyectando sus planes. Luego deshacen sus alianzas.

Por eso, un gran emperador decía: "El que lucha por la victoria frente a espadas desnudas no es un buen general." La peor táctica es atacar a una ciudad. Asediar, acorralar a una ciudad sólo se lleva a cabo co mo último recurso.

Emplea no menos de tres meses en preparar tus artefactos y otros tres para coordinar los recursos para tu asedio. Nunca se debe atacar por cólera y con prisas. Es aconsejable tomarse tiempo en la planificación y coordinación del plan.

Por lo tanto, un verdadero maestro de las artes marciales vence a otras

Sobre las proposiciones de la victoria y la derrota

fuerzas enemigas sin batalla, conquista otras ciudades sin asediarlas y destruye a otros ejércitos sin emplear mucho tiempo.

Un maestro experto en las artes marciales deshace los planes de los enemigos, estropea sus relaciones y alianzas, le corta los suministros o bloquea su camino, venciendo mediante estas tácticas sin necesidad de luchar.

Es imprescindible luchar contra todas las facciones enemigas para obtener una victoria completa, de manera que su ejército no quede acuartelado y el beneficio sea total. Esta es la ley del asedio estratégico.

La victoria completa se produce cuando el ejército no lucha, la ciudad no es asediada, la destrucción no se prolonga durante mucho tiempo, y en cada caso el enemigo es vencido por el empleo de la estrategia.

Así pues, la regla de la utilización de la fuerza es la siguiente: si tus fuerzas son diez veces superiores a las del adversario, rodéalo; si son cinco veces superiores, atácalo; si son dos veces superiores, divídelo.

Si tus fuerzas son iguales en número, lucha si te es posible. Si tus fuerzas son inferiores, manténte continuamente en guardia, pues el más pequeño fallo te acarrearía las peores consecuencias. Trata de mantenerte al abrigo y evita en lo posible un enfrentamiento abierto con él; la prudencia y la firmeza de un pequeño número de personas pueden llegar a cansar y a dominar incluso a numerosos ejércitos.

Este consejo se aplica en los casos en que todos los factores son equivalentes. Si tus fuerzas están en orden mientras que las suyas

Capítulo { III }

están inmersas en el caos, si tú y tus fuerzas están con ánimo y ellos desmoralizados, entonces, aunque sean más numerosos, puedes entrar en batalla. Si tus soldados, tus fuerzas, tu estrategia y tu valor son menores que las de tu adversario, entonces debes retirarte y buscar una salida.

En consecuencia, si el bando más pequeño es obstinado, cae prisionero del bando más grande.

Esto quiere decir que si un pequeño ejército no hace una valoración adecuada de su poder y se atreve a enemistarse con una gran potencia, por mucho que su defensa sea firme, inevitablemente se convertirá en conquistado. "Si no puedes ser fuerte, pero tampoco sabes ser débil, serás derrotado." Los generales son servidores del Pueblo. Cuando su servicio es completo, el Pueblo es fuerte. Cuando su servicio es defectuoso, el Pueblo es débil.

Así pues, existen tres maneras en las que un Príncipe lleva al ejército al desastre. Cuando un Príncipe, ignorando los hechos, ordena avanzar a sus ejércitos o retirarse cuando no deben hacerlo; a esto se le llama inmovilizar al ejército. Cuando un Príncipe ignora los asuntos militares, pero comparte en pie de igualdad el mando del ejército, los soldados acaban confusos. Cuando el Príncipe ignora cómo llevar a cabo las maniobras militares, pero comparte por igual su dirección, los soldados están vacilantes. Una vez que los ejércitos están confusos y vacilantes, empiezan los problemas procedentes de los adversarios. A esto se le llama perder la victoria por trastornar el aspecto militar.

Sobre las proposiciones de la victoria y la derrota

Si intentas utilizar los métodos de un gobierno civil para dirigir una operación militar, la operación será confusa.

Triunfan aquellos que:

Saben cuándo luchar y cuándo no.

Saben discernir cuándo utilizar muchas o pocas tropas.

Tienen tropas cuyos rangos superiores e inferiores tienen el mismo objetivo. Se enfrentan con preparativos a enemigos desprevenidos.

Tienen generales competentes y no limitados por sus gobiernos civiles.

Estas cinco son las maneras de conocer al futuro vencedor.

Hablar de que el Príncipe sea el que da las órdenes en todo es como el General solicitarle permiso al Príncipe para poder apagar un fuego: para cuando sea autorizado, ya no quedan sino cenizas.

Si conoces a los demás y te conoces a ti mismo, ni en cien batallas correrás peligro; si no conoces a los demás, pero te conoces a ti mismo, perderás una batalla y ganarás otra; si no conoces a los demás ni te conoces a ti mismo, correrás peligro en cada batalla.

Capitulo

(IV)

Sobre la medida en la disposición de los medios

Capítulo { IV }

Antiguamente, los guerreros expertos se hacían a sí mismos invencibles en primer lugar, y después aguardaban para descubrir la vulnerabilidad de sus adversarios.

Hacerte invencible significa conocerte a ti mismo; aguardar para descubrir la vulnerabilidad del adversario significa conocer a los demás.

La invencibilidad está en uno mismo, la vulnerabilidad en el adversario. Por esto, los guerreros expertos pueden ser invencibles, pero no pueden hacer que sus adversarios sean vulnerables.

Si los adversarios no tienen orden de batalla sobre el que informarse, ni negligencias o fallos de los que aprovecharse, ¿cómo puedes vencerlos aunque estén bien pertrechados? Por esto es por lo que se dice que la victoria puede ser percibida, pero no fabricada.

La invencibilidad es una cuestión de defensa, la vulnerabilidad, una cuestión de ataque. Mientras no hayas observado vulnerabilidades en el orden de batalla de los adversarios, oculta tu propia formación de ataque, y prepárate para ser invencible, con la finalidad de preservarte. Cuando los adversarios tienen órdenes de batalla vulnerables, es el momento de salir a atacarlos.

La defensa es para tiempos de escasez, el ataque para tiempos de abundancia.

Los expertos en defensa se esconden en las profundidades de la tierra; los expertos en maniobras de ataque se esconden en las más

Sobre la medida en la disposición de los medios

elevadas alturas del cielo. De esta manera pueden protegerse y lograr la victoria total.

En situaciones de defensa, acalláis las voces y borráis las huellas, escondidos como fantasmas y espíritus bajo tierra, invisibles para todo el mundo. En situaciones de ataque, vuestro movimiento es rápido y vuestro grito fulgurante, veloz como el trueno y el relámpago, para los que no se puede uno preparar, aunque vengan del cielo.

Prever la victoria cuando cualquiera la puede conocer no constituye verdadera destreza. Todo el mundo elogia la victoria ganada en batalla, pero esa victoria no es realmente tan buena.

Todo el mundo elogia la victoria en la batalla, pero lo verdaderamente deseable es poder ver el mundo de lo sutil y darte cuenta del mundo de lo oculto, hasta el punto de ser capaz de alcanzar la victoria donde no existe forma.

No se requiere mucha fuerza para levantar un cabello, no es necesario tener una vista aguda para ver el sol y la luna, ni se necesita tener mucho oído para escuchar el retumbar del trueno.

Lo que todo el mundo conoce no se llama sabiduría; la victoria sobre los demás obtenida por medio de la batalla no se considera una buena victoria. En la antigüedad, los que eran conocidos como buenos guerreros vencían cuando era fácil vencer.

Si sólo eres capaz de asegurar la victoria tras enfrentarte a un adversario en un conflicto armado, esa victoria es una dura victoria. Si eres capaz de ver lo sutil y de darte cuenta de lo oculto, irrumpiendo

Capítulo { IV }

antes del orden de batalla, la victoria así obtenida es un victoria fácil.

En consecuencia, las victorias de los buenos guerreros no destacan por su inteligencia o su bravura. Así pues, las victorias que ganan en batalla no son debidas a la suerte. Sus victorias no son casualidades, sino que son debidas a haberse situado previamente en posición de poder ganar con seguridad, imponiéndose sobre los que ya han perdido de antemano.

La gran sabiduría no es algo obvio, el mérito grande no se anuncia. Cuando eres capaz de ver lo sutil, es fácil ganar; ¿qué tiene esto que ver con la inteligencia o la bravura?

Cuando se resuelven los problemas antes de que surjan, ¿quién llama a esto inteligencia? Cuando hay victoria sin batalla, ¿quién habla de bravura?

Así pues, los buenos guerreros toman posición en un terreno en el que no pueden perder, y no pasan por alto las condiciones que hacen a su adversario proclive a la derrota.

En consecuencia, un ejército victorioso gana primero y entabla la batalla después; un ejército derrotado lucha primero e intenta obtener la victoria después. Esta es la diferencia entre los que tienen estrategia y los que no tienen planes premeditados.

Los que utilizan bien las armas cultivan el Camino y observan las leyes. Así pueden gobernar prevaleciendo sobre los corruptos.

Servirse de la armonía para desvanecer la oposición, no atacar un ejército inocente, no hacer prisioneros o tomar botín par donde pasa

Sobre la medida en la disposición de los medios

el ejército, no cortar los árboles ni contaminar los pozos, limpiar y purificar los templos de las ciudades y montañas del camino que atraviesas, no repetir los errores de una civilización decadente, a todo esto se llama el Camino y sus leyes.

Cuando el ejército está estrictamente disciplinado, hasta el punto en que los soldados morirían antes que desobedecer las órdenes, y las recompensas y los castigos merecen confianza y están bien establecidos, cuando los jefes y oficiales son capaces de actuar de esta forma, pueden vencer a un Príncipe enemigo corrupto.

Las reglas militares son cinco: medición, valoración, cálculo, comparación y victoria. El terreno da lugar a las mediciones, éstas dan lugar a las valoraciones, las valoraciones a los cálculos, éstos a las comparaciones, y las comparaciones dan lugar a las victorias.
Mediante las comparaciones de las dimensiones puedes conocer dónde se haya la victoria o la derrota.

En consecuencia, un ejército victorioso es como un kilo comparado con un gramo; un ejército derrotado es como un gramo comparado con un kilo.
Cuando el que gana consigue que su pueblo vaya a la batalla como si estuviera dirigiendo una gran corriente de agua hacia un cañón profundo, esto es una cuestión de orden de batalla.

Cuando el agua se acumula en un cañón profundo, nadie puede medir su cantidad, lo mismo que nuestra defensa no muestra su forma. Cuando se suelta el agua, se precipita hacia abajo como un torrente, de manera tan irresistible como nuestro propio ataque.

Capitulo

(V)

Sobre la firmeza

Capítulo { V }

La fuerza es la energía acumulada o la que se percibe. Esto es muy cambiante. Los expertos son capaces de vencer al enemigo creando una percepción favorable en ellos, así obtener la victoria sin necesidad de ejercer su fuerza.

Gobernar sobre muchas personas como si fueran poco es una cuestión de dividirlas en grupos o sectores: es organización. Batallar contra un gran número de tropas como si fueran pocas es una cuestión de demostrar la fuerza, símbolos y señales.

Se refiere a lograr una percepción de fuerza y poder en la oposición. En el campo de batalla se refiere a las formaciones y banderas utilizadas para desplegar las tropas y coordinar sus movimientos.

Lograr que el ejército sea capaz de combatir contra el adversario sin ser derrotado es una cuestión de emplear métodos ortodoxos o heterodoxos.

La ortodoxia y la heterodoxia no es algo fijo, sino que se utilizan como un ciclo. Un emperador que fue un famoso guerrero y administrador, hablaba de manipular las percepciones de los adversarios sobre lo que es ortodoxo y heterodoxo, y después atacar inesperadamente, combinando ambos métodos hasta convertirlo en uno, volviéndose así indefinible para el enemigo.

Que el efecto de las fuerzas sea como el de piedras arrojadas sobre huevos, es una cuestión de lleno y vacío.

Cuando induces a los adversarios a atacarte en tu territorio, su

Sobre la firmeza

fuerza siempre está vacía (en desventaja); mientras que no compitas en lo que son los mejores, tu fuerza siempre estará llena. Atacar con lo vacío contra lo lleno es como arrojar piedras sobre huevos: de seguro se rompen.

Cuando se entabla una batalla de manera directa, la victoria se gana por sorpresa. El ataque directo es ortodoxo. El ataque indirecto es heterodoxo.

Sólo hay dos clases de ataques en la batalla: el extraordinario por sorpresa y el directo ordinario, pero sus variantes son innumerables. Lo ortodoxo y lo heterodoxo se originan recíprocamente, como un círculo sin comienzo ni fin; ¿quién podría agotarlos?

Cuando la velocidad del agua que fluye alcanza el punto en el que puede mover las piedras, ésta es la fuerza directa. Cuando la velocidad y maniobrabilidad del halcón es tal que puede atacar y matar, esto es precisión. Lo mismo ocurre con los guerreros expertos: su fuerza es rápida, su precisión certera. Su fuerza es como disparar una catapulta, su precisión es dar en el objetivo previsto y causar el efecto esperado.

El desorden llega del orden, la cobardía surge del valor, la debilidad brota de la fuerza.

Si quieres fingir desorden para convencer a tus adversarios y distraerlos, primero tienes que organizar el orden, porque sólo entonces puedes crear un desorden artificial. Si quieres fingir cobardía para conocer la estrategia de los adversarios, primero tienes que ser extremadamente valiente, porque sólo entonces puedes actuar como

Capítulo { V }

tímido de manera artificial. Si quieres fingir debilidad para inducir la arrogancia en tus enemigos, primero has de ser extremadamente fuerte porque sólo entonces puedes pretender ser débil.

El orden y el desorden son una cuestión de organización; la cobardía es una cuestión valentía y la de ímpetu; la fuerza y la debilidad son una cuestión de la formación en la batalla.

Cuando un ejército tiene la fuerza del ímpetu (percepción), incluso el tímido se vuelve valiente, cuando pierde la fuerza del ímpetu, incluso el valiente se convierte en tímido. Nada está fijado en las leyes de la guerra: éstas se desarrollan sobre la base del ímpetu.

Con astucia se puede anticipar y lograr que los adversarios se convenzan a sí mismos cómo proceder y moverse; les ayuda a caminar por el camino que les traza. Hace moverse a los enemigos con la perspectiva del triunfo, para que caigan en la emboscada.

Los buenos guerreros buscan la efectividad en la batalla a partir de la fuerza del ímpetu (percepción) y no dependen sólo de la fuerza de sus soldados. Son capaces de escoger a la mejor gente, desplegarlos adecuadamente y dejar que la fuerza del ímpetu logre sus objetivos.

Cuando hay entusiasmo, convicción, orden, organización, recursos, compromiso de los soldados, tienes la fuerza del ímpetu, y el tímido es valeroso. Así es posible asignar a los soldados por sus capacidades, habilidades y encomendarle deberes y responsabilidades adecuadas. El valiente puede luchar, el cuidadoso puede hacer de centinela, y el inteligente puede estudiar, analizar y comunicar. Cada cual es útil.

Sobre la firmeza

Hacer que los soldados luchen permitiendo que la fuerza del ímpetu haga su trabajo es como hacer rodar rocas. Las rocas permanecen inmóviles cuando están en un lugar plano, pero ruedan en un plano inclinado; se quedan fijas cuando son cuadradas, pero giran si son redondas. Por lo tanto, cuando se conduce a los hombres a la batalla con astucia, el impulso es como rocas redondas que se precipitan montaña abajo: ésta es la fuerza que produce la victoria.

Capitulo (VI)

Sobre lo lleno y lo vacío

Capítulo { VI }

Los que anticipan, se preparan y llegan primero al campo de batalla y esperan al adversario están en posición descansada; los que llegan los últimos al campo de batalla, los que improvisan y entablan la lucha quedan agotados.

Los buenos guerreros hacen que los adversarios vengan a ellos, y de ningún modo se dejan atraer fuera de su fortaleza.

Si haces que los adversarios vengan a ti para combatir, su fuerza estará siempre vacía. Si no sales a combatir, tu fuerza estará siempre llena. Este es el arte de vaciar a los demás y de llenarte a ti mismo.

Lo que impulsa a los adversarios a venir hacia ti por propia decisión es la perspectiva de ganar. Lo que desanima a los adversarios de ir hacia ti es la probabilidad de sufrir daños.

Cuando los adversarios están en posición favorable, debes cansarlos. Cuando están bien alimentados, cortar los suministros. Cuando están descansando, hacer que se pongan en movimiento.

Ataca inesperadamente, haciendo que los adversarios se agoten corriendo para salvar sus vidas. Interrumpe sus provisiones, arrasa sus campos y corta sus vías de aprovisionamiento. Aparece en lugares críticos y ataca donde menos se lo esperen, haciendo que tengan que acudir al rescate.

Aparece donde no puedan ir, se dirige hacia donde menos se lo esperen. Para desplazarte cientos de kilómetros sin cansancio, atraviesa tierras despobladas.

Sobre lo lleno y lo vacío

Atacar un espacio abierto no significa sólo un espacio en el que el enemigo no tiene defensa. Mientras su defensa no sea estricta - el lugar no esté bien guardado, los enemigos se desperdigarán ante ti, como si estuvieras atravesando un territorio despoblado.

Para tomar infaliblemente lo que atacas, ataca donde no haya defensa. Para mantener una defensa infaliblemente segura, defiende donde no haya ataque.

Así, en el caso de los que son expertos en el ataque, sus enemigos no saben por dónde atacar.

Cuando se cumplen las instrucciones, las personas son sinceramente leales y comprometidas, los planes y preparativos para la defensa implantados con firmeza, siendo tan sutil y reservado que no se revelan las estrategias de ninguna forma, y los adversarios se sienten inseguros, y su inteligencia no les sirve para nada.

Sé extremadamente sutil, discreto, hasta el punto de no tener forma. Sé completamente misterioso y confidencial, hasta el punto de ser silencioso. De esta manera podrás dirigir el destino de tus adversarios.

Para avanzar sin encontrar resistencia, arremete por sus puntos débiles. Para retirarte de manera esquiva, sé más rápido que ellos.

Las situaciones militares se basan en la velocidad: llega como el viento, muévete como el relámpago, y los adversarios no podrán vencerte.

Capítulo { VI }

Por lo tanto, cuando quieras entrar en batalla, incluso si el adversario está atrincherado en una posición defensiva, no podrá evitar luchar si atacas en el lugar en el que debe acudir irremediablemente al rescate.

Cuando no quieras entrar en batalla, incluso si trazas una línea en el terreno que quieres conservar, el adversario no puede combatir contigo porque le das una falsa pista.

Esto significa que cuando los adversarios llegan para atacarte, no luchas con ellos, sino que estableces un cambio estratégico para confundirlos y llenarlos de incertidumbre.

Por consiguiente, cuando induces a otros a efectuar una formación, mientras que tú mismo permaneces sin forma, estás concentrado, mientras que tu adversario está dividido.

Haz que los adversarios vean como extraordinario lo que es ordinario para ti; haz que vean como ordinario lo que es extraordinario para ti. Esto es inducir al enemigo a efectuar una formación. Una vez vista la formación del adversario, concentras tus tropas contra él. Como tu formación no está a la vista, el adversario dividirá seguramente sus fuerzas.

Cuando estás concentrado formando una sola fuerza, mientras que el enemigo está dividido en diez, estás atacando a una concentración de uno contra diez, así que tus fuerzas superan a las suyas.

Si puedes atacar a unos pocos soldados con muchos, diezmarás el número de tus adversarios.

Sobre lo lleno y lo vacío

Cuando estás fuertemente atrincherado, te has hecho fuerte tras buenas barricadas, y no dejas filtrar ninguna información sobre tus fuerzas, sal afuera sin formación precisa, ataca y conquista de manera incontenible.

No han de conocer dónde piensas librar la batalla, porque cuando no se conoce, el enemigo destaca muchos puestos de vigilancia, y en el momento en el que se establecen numerosos puestos sólo tienes que combatir contra pequeñas unidades.

Así pues, cuando su vanguardia está preparada, su retaguardia es defectuosa, y cuando su retaguardia está preparada, su vanguardia presenta puntos débiles.

Las preparaciones de su ala derecha significarán carencia en su ala izquierda. Las preparaciones por todas partes significará ser vulnerable por todas partes.

Esto significa que cuando las tropas están de guardia en muchos lugares, están forzosamente desperdigadas en pequeñas unidades.

Cuando se dispone de pocos soldados se está a la defensiva contra el adversario el que dispone de muchos hace que el enemigo tenga que defenderse. Cuantas más defensas induces a adoptar a tu enemigo, más debilitado quedará.

Así, si conoces el lugar y la fecha de la batalla, puedes acudir a ella aunque estés a mil kilómetros de distancia. Si no conoces el lugar y la fecha de la batalla, entonces tu flanco izquierdo no puede

Capítulo { VI }

salvar al derecho, tu vanguardia no puede salvar a tu retaguardia, y tu retaguardia no puede salvar a tu vanguardia, ni siquiera en un territorio de unas pocas docenas de kilómetros.

Si tienes muchas más tropas que los demás, ¿cómo puede ayudarte este factor para obtener la victoria?

Si no conoces el lugar y la fecha de la batalla, aunque tus tropas sean más numerosas que las de ellos, ¿cómo puedes saber si vas a ganar o a perder?

Así pues, se dice que la victoria puede ser creada.

Si haces que los adversarios no sepan el lugar y la fecha de la batalla, siempre puedes vencer.

Incluso si los enemigos son numerosos, puede hacerse que no entren en combate.

Por tanto, haz tu valoración sobre ellos para averiguar sus planes, y determinar qué estrategia puede tener éxito y cuál no. Incítalos a la acción para descubrir cuál es el esquema general de sus movimientos y descansa.

Haz algo por o en contra de ellos para su atención, de manera que puedas de ellos para atraer descubrir sus hábitos de comportamiento de ataque y de defensa.

Indúcelos a adoptar formaciones específicas, para conocer sus puntos flacos.

Sobre lo lleno y lo vacío

Esto significa utilizar muchos métodos para confundir y perturbar al enemigo con el objetivo de observar sus formas de respuesta hacia ti; después de haberlas observado, actúas en consecuencia, de manera que puedes saber qué clase de situaciones significan vida y cuáles significan muerte.

Pruébalos para averiguar sus puntos fuertes y sus puntos débiles. Por lo tanto, el punto final de la formación de un ejército es llegar a la no forma. Cuando no tienes forma, los informadores no pueden descubrir nada, ya que la información no puede crear una estrategia.

Una vez que no tienes forma perceptible, no dejas huellas que puedan ser seguidas, los informadores no encuentran ninguna grieta por donde mirar y los que están a cargo de la planificación no pueden establecer ningún plan realizable.

La victoria sobre multitudes mediante formaciones precisas debe ser desconocida par las multitudes. Todo el mundo conoce la forma mediante la que resultó vencedor, pero nadie conoce la forma mediante la que aseguró la victoria.

En consecuencia, la victoria en la guerra no es repetitiva, sino que adapta su forma continuamente.

Determinar los cambios apropiados, significa no repetir las estrategias previas para obtener la victoria. Para lograrla, puedo adaptarme desde el principio a cualquier formación que los adversarios puedan adoptar.

Las formaciones son como el agua: la naturaleza del agua es evitar lo alto e ir hacia abajo; la naturaleza de los ejércitos es evitar lo lleno

Capítulo { VI }

y atacar lo vacío; el flujo del agua está determinado par la tierra; la victoria viene determinada por el adversario.

Así pues, un ejército no tiene formación constante, lo mismo que el agua no tiene forma constante: se llama genio a la capacidad de obtener la victoria cambiando y adaptándose según el enemigo.

Capitulo

(VII)

Sobre el enfrentamiento
directo e indirecto

Capítulo { VII }

La regla ordinaria para el uso del ejército es que el mando del ejército reciba órdenes de las autoridades civiles y después reúne y concentra a las tropas, acuartelándolas juntas. Nada es más difícil que la lucha armada.

Luchar con otros cara a cara para conseguir ventajas es lo más arduo del mundo.

La dificultad de la lucha armada es hacer cercanas las distancias largas y convertir los problemas en ventajas.

Mientras que das la apariencia de estar muy lejos, empiezas tu camino y llegas antes que el enemigo.

Por lo tanto, haces que su ruta sea larga, atrayéndole con la esperanza de ganar. Cuando emprendes la marcha después que los otros y llegas antes que ellos, conoces la estrategia de hacer que las distancias sean cercanas.

Sírvete de una unidad especial para engañar al enemigo atrayéndole a una falsa persecución, haciéndole creer que el grueso de tus fuerzas está muy lejos; entonces, lanzas una fuerza de ataque sorpresa que llega antes, aunque emprendió el camino después.

Por consiguiente, la lucha armada puede ser provechosa y puede ser peligrosa. Para el experto es provechosa, para el inexperto peligrosa.
Movilizar a todo el ejército para el combate en aras de obtener alguna ventaja tomaría mucho tiempo, pero combatir por una ventaja con un ejército incompleto tendría como resultado una falta de recursos.

Sobre el enfrentamiento directo e indirecto

Si te movilizas rápidamente y sin parar día y noche, recorriendo el doble de la distancia habitual, y si luchas por obtener alguna ventaja a miles de kilómetros, tus jefes militares serán hechos prisioneros. Los soldados que sean fuertes llegarán allí primero, los más cansados llegarán después - como regla general, sólo lo conseguirá uno de cada diez.

Cuando la ruta es larga las tropas se cansan; si han gastado su fuerza en la movilización, llegan agotadas mientras que sus adversarios están frescos; así pues, es seguro que serán atacadas.

Combatir por una ventaja a cincuenta kilómetros de distancia frustrará los planes del mando, y, como regla general, sólo la mitad de los soldados lo harán.

Si se combate por obtener una ventaja a treinta kilómetros de distancia, sólo dos de cada tres soldados los recorrerán.

Así pues, un ejército perece si no está equipado, si no tiene provisiones o si no tiene dinero.

Estas tres cosas son necesarias: no puedes combatir para ganar con un ejército no equipado, o sin provisiones, lo que el dinero facilita.

Por tanto, si ignoras los planes de tus rivales, no puedes hacer alianzas precisas.

A menos que conozcas las montañas y los bosques, los desfiladeros y los pasos, y la condición de los pantanos, no puedes maniobrar con

Capítulo { VII }

una fuerza armada. A menos que utilices guías locales, no puedes aprovecharte de las ventajas del terreno.

Sólo cuando conoces cada detalle de la condición del terreno puedes maniobrar y guerrear.

Por consiguiente, una fuerza militar se usa según la estrategia prevista, se moviliza mediante la esperanza de recompensa, y se adapta mediante la división y la combinación.

Una fuerza militar se establece mediante la estrategia en el sentido de que distraes al enemigo para que no pueda conocer cuál es tu situación real y no pueda imponer su supremacía. Se moviliza mediante la esperanza de recompensa, en el sentido de que entra en acción cuando ve la posibilidad de obtener una ventaja. Dividir y volver a hacer combinaciones de tropas se hace para confundir al adversario y observar cómo reacciona frente a ti; de esta manera puedes adaptarte para obtener la victoria.

Por eso, cuando una fuerza militar se mueve con rapidez es como el viento; cuando va lentamente es como el bosque; es voraz como el fuego e inmóvil como las montañas.

Es rápida como el viento en el sentido que llega sin avisar y desaparece como el relámpago. Es como un bosque porque tiene un orden. Es voraz como el fuego que devasta una planicie sin dejar tras sí ni una brizna de hierba. Es inmóvil como una montaña cuando se acuartela.
Es tan difícil de conocer como la oscuridad; su movimiento es como un trueno que retumba.

Sobre el enfrentamiento directo e indirecto

Para ocupar un lugar, divide a tus tropas. Para expandir tu territorio, divide los beneficios. La regla general de las operaciones militares es desproveer de alimentos al enemigo todo lo que se pueda. Sin embargo, en localidades donde la gente no tiene mucho, es necesario dividir a las tropas en grupos más pequeños para que puedan tomar en diversas partes lo que necesitan, ya que sólo así tendrán suficiente.

En cuanto a dividir el botín, significa que es necesario repartirlo entre las tropas para guardar lo que ha sido ganado, no dejando que el enemigo lo recupere.

Actúa después de haber hecho una estimación. Gana el que conoce primero la medida de lo que está lejos y lo que está cerca: ésta es la regla general de la lucha armada.

El primero que hace el movimiento es el "invitado", el último es el "anfitrión". El "invitado" lo tiene difícil, el "anfitrión lo tiene fácil". Cerca y lejos significan desplazamiento: el cansancio, el hambre y el frío surgen del desplazamiento.

Un antiguo libro que trata de asuntos militares dice: "Las palabras no son escuchadas, par eso se hacen los símbolos y los tambores. Las banderas y los estandartes se hacen a causa de la ausencia de visibilidad." Símbolos, tambores, banderas y estandartes se utilizan para concentrar y unificar los oídos y los ojos de los soldados. Una vez que están unificados, el valiente no puede actuar solo, ni el tímido puede retirarse solo: ésta es la regla general del empleo de un grupo.

Unificar los oídos y los ojos de los soldados significa hacer que miren

Capítulo { VII }

y escuchen al unísono de manera que no caigan en la confusión y el desorden. La señales se utilizan para indicar direcciones e impedir que los individuos vayan a donde se les antoje.

Así pues, en batallas nocturnas, utiliza fuegos y tambores, y en batallas diurnas sírvete de banderas y estandartes, para manipular los oídos y los ojos de los soldados.

Utiliza muchas señales para confundir las percepciones del enemigo y hacerle temer tu temible poder militar.
De esta forma, haces desaparecer la energía de sus ejércitos y desmoralizas a sus generales.

En primer lugar, has de ser capaz de mantenerte firme en tu propio corazón; sólo entonces puedes desmoralizar a los generales enemigos. Por esto, la tradición afirma que los habitantes de otros tiempos tenían la firmeza para desmoralizar, y la antigua ley de los que conducían carros de combate decía que cuando la mente original es firme, la energía fresca es victoriosa.

De este modo, la energía de la mañana está llena de ardor, la del mediodía decae y la energía de la noche se retira; en consecuencia, los expertos en el manejo de las armas prefieren la energía entusiasta, atacan la decadente y la que se bate en retirada. Son ellos los que dominan la energía.

Cualquier débil en el mundo se dispone a combatir en un minuto si se siente animado, pero cuando se trata realmente de tomar las armas y de entrar en batalla, es poseído por la energía; cuando esta

Sobre el enfrentamiento directo e indirecto

energía se desvanece, se detendrá, estará asustado y se arrepentirá de haber comenzado. La razón por la que esa clase de ejércitos miran por encima del hombro a enemigos fuertes, lo mismo que miran a las doncellas vírgenes, es porque se están aprovechando de su agresividad, estimulada por cualquier causa.

Utilizar el orden para enfrentarse al desorden, utilizar la calma para enfrentarse con los que se agitan, esto es dominar el corazón.

A menos que tu corazón esté totalmente abierto y tu mente en orden, no puedes esperar ser capaz de adaptarte a responder sin límites, a manejar los acontecimientos de manera infalible, a enfrentarte a dificultades graves e inesperadas sin turbarte, dirigiendo cada cosa sin confusión.

Dominar la fuerza es esperar a los que vienen de lejos, aguardar con toda comodidad a los que se han fatigado, y con el estómago saciado a los hambrientos.

Esto es lo que se quiere decir cuando se habla de atraer a otros hacia donde estás, al tiempo que evitas ser inducido a ir hacia donde están ellos.

Evitar la confrontación contra formaciones de combate bien ordenadas y no atacar grandes batallones constituye el dominio de la adaptación.

Por tanto, la regla general de las operaciones militares es no enfrentarse a una gran montaña ni oponerse al enemigo de espaldas a ésta.

Esto significa que si los adversarios están en un terreno elevado, no

Capítulo { VII }

debes atacarles cuesta arriba, y que cuando efectúan una carga cuesta abajo, no debes hacerles frente.

No persigas a los enemigos cuando finjan una retirada, ni ataques tropas expertas.

Si los adversarios huyen de repente antes de agotar su energía, seguramente hay emboscadas esperándote para atacar a tus tropas; en este caso, debes retener a tus oficiales para que no se lancen en su persecución.

No consumas la comida de sus soldados.

Si el enemigo abandona de repente sus provisiones, éstas han de ser probadas antes de ser comidas, por si están envenenadas.

No detengas a ningún ejército que esté en camino a su país.

Bajo estas circunstancias, un adversario luchará hasta la muerte. Hay que dejarle una salida a un ejército rodeado.

Muéstrales una manera de salvar la vida para que no estén dispuestos a luchar hasta la muerte, y así podrás aprovecharte para atacarles.

No presiones a un enemigo desesperado.

Un animal agotado seguirá luchando, pues esa es la ley de la naturaleza. Estas son las leyes de las operaciones militares.

Capitulo (VIII)

Sobre los nueve cambios

Capítulo { VIII }

Por lo general, las operaciones militares están bajo el del gobernante civil para dirigir al ejército.

El General no debe levantar su campamento en un terreno difícil. Deja que se establezcan relaciones diplomáticas en las fronteras. No permanezcas en un territorio árido ni aislado.

Cuando te halles en un terreno cerrado, prepara alguna estrategia y muévete. Cuando te halles en un terreno mortal, lucha.

Terreno cerrado significa que existen lugares escarpados que te rodean por todas partes, de manera que el enemigo tiene movilidad, que puede llegar e irse con libertad, pero a ti te es difícil salir y volver.

Cada ruta debe ser estudiada para que sea la mejor. Hay rutas que no debes usar, ejércitos que no han de ser atacados, ciudades que no deben ser rodeadas, terrenos sobre los que no se debe combatir, y órdenes de gobernantes civiles que no deben ser obedecidas.

En consecuencia, los generales que conocen las variables posibles para aprovecharse del terreno sabe cómo manejar las fuerzas armadas. Si los generales no saben cómo adaptarse de manera ventajosa, aunque conozcan la condición del terreno, no pueden aprovecharse de él.

Si están al mando de ejércitos, pero ignoran las artes de la total adaptabilidad, aunque conozcan el objetivo a lograr, no pueden hacer que los soldados luchen por él.

Si eres capaz de ajustar la campaña cambiar conforme al ímpetu de las fuerzas, entonces la ventaja no cambia, y los únicos que son perjudicados son los enemigos. Por esta razón, no existe una estructura permanente. Si puedes comprender totalmente este principio, puedes hacer que los soldados actúen en la mejor forma posible.

Por lo tanto, las consideraciones de la persona inteligente siempre incluyen el analizar objetivamente el beneficio y el daño. Cuando considera el beneficio, su acción se expande; cuando considera el daño, sus problemas pueden resolverse.

El beneficio y el daño son interdependientes, y los sabios los tienen en cuenta.

Por ello, lo que retiene a los adversarios es el daño, lo que les mantiene ocupados es la acción, y lo que les motiva es el beneficio.

Cansa a los enemigos manteniéndolos ocupados y no dejándoles respirar. Pero antes de lograrlo, tienes que realizar previamente tu propia labor. Esa labor consiste en desarrollar un ejército fuerte, un pueblo próspero, una sociedad armoniosa y una manera ordenada de vivir.

Así pues, la norma general de las operaciones militares consiste en no contar con que el enemigo no acuda, sino confiar en tener los medios de enfrentarte a él; no contar con que el adversario no ataque, sino confiar en poseer lo que no puede ser atacado.

Si puedes recordar siempre el peligro cuando estás a salvo y el caos en tiempos de orden, permanece atento al peligro y al caos mientras

Capítulo { VIII }

no tengan todavía forma, y evítalos antes de que se presenten; ésta es la mejor estrategia de todas.

Por esto, existen cinco rasgos que son peligrosos en los generales. Los que están dispuestos a morir, pueden perder la vida; los que quieren preservar la vida, pueden ser hechos prisioneros; los que son dados a los apasionamientos irracionales, pueden ser ridiculizados; los que son muy puritanos, pueden ser deshonrados; los que son compasivos, pueden ser turbados.

Si te presentas en un lugar que con toda seguridad los enemigos se precipitarán a defender, las personas compasivas se apresurarán invariablemente a rescatar a sus habitantes, causándose a sí mismos problemas y cansancio.

Estos son cinco rasgos que constituyen defectos en los generales y que son desastrosos para las operaciones militares.

Los buenos generales son de otra manera: se comprometen hasta la muerte, pero no se aferran a la esperanza de sobrevivir; actúan de acuerdo con los acontecimientos, en forma racional y realista, sin dejarse llevar por las emociones ni estar sujetos a quedar confundidos. Cuando ven una buena oportunidad, son como tigres, en caso contrario cierran sus puertas. Su acción y su no acción son cuestiones de estrategia, y no pueden ser complacidos ni enfadados.

Capitulo

(IX)

Sobre la distribución de los medios

Capítulo { VIII }

Las maniobras militares son el resultado de los planes y las estrategias en la manera más ventajosa para ganar. Determinan la movilidad y efectividad de las tropas.

Si vas a colocar tu ejército en posición de observar al enemigo, atraviesa rápido las montañas y vigílalos desde un valle.

Considera el efecto de la luz y manténte en la posición más elevada del valle. Cuando combatas en una montaña, ataca desde arriba hacia abajo y no al revés.

Combate estando cuesta abajo y nunca cuesta arriba. Evita que el agua divida tus fuerzas, aléjate de las condiciones desfavorables lo antes que te sea posible. No te enfrentes a los enemigos dentro del agua; es conveniente dejar que pasen la mitad de sus tropas y en ese momento dividirlas y atacarlas.

No te sitúes río abajo. No camines en contra de la corriente, ni en contra del viento.

Si acampas en la ribera de un río, tus ejércitos pueden ser sorprendidos de noche, empujados a ahogarse o se les puede colocar veneno en la corriente. Tus barcas no deben ser amarradas corriente abajo, para impedir que el enemigo aproveche la corriente lanzando sus barcas contra ti. Si atraviesas pantanos, hazlo rápidamente. Si te encuentras frente a un ejército en media de un pantano, permanece cerca de sus plantas acuáticas o respaldado por los árboles.

En una llanura, toma posiciones desde las que sea fácil maniobrar,

Sobre la distribución de los medios

manteniendo las elevaciones del terreno detrás y a tu derecha, estando las partes más bajas delante y las más altos detrás.

Generalmente, un ejército prefiere un terreno elevado y evita un terreno bajo, aprecia la luz y detesta la oscuridad.

Los terrenos elevados son estimulantes, y por lo tanto, la gente se halla a gusto en ellos, además son convenientes para adquirir la fuerza del ímpetu. Los terrenos bajos son húmedos, lo cual provoca enfermedades y dificulta el combate.

Cuida de la salud física de tus soldados con los mejores recursos disponibles. Cuando no existe la enfermedad en un ejército, se dice que éste es invencible.

Donde haya montículos y terraplenes, sitúate en su lado soleado, manteniéndolos siempre a tu derecha y detrás.

Colocarse en la mejor parte del terreno es ventajoso para una fuerza militar.

La ventaja en una operación militar consiste en aprovecharse de todos los factores beneficiosos del terreno.

Cuando llueve río arriba y la corriente trae consigo la espuma, si quieres cruzarlo, espera a que escampe.

Siempre que un terreno presente barrancos infranqueables, lugares cerrados, trampas, riesgos, grietas y prisiones naturales, debes abandonarlo rápidamente y no acercarte a él. En lo que a mí concierne,

Capítulo { IX }

siempre me mantengo alejado de estos accidentes del terreno, de manera que los adversarios estén más cerca que yo de ellos; doy la cara a estos accidentes, de manera que queden a espaldas del enemigo.

Entonces estás en situación ventajosa, y él tiene condiciones desfavorables.

Cuando un ejército se está desplazando, si atraviesa territorios montañosos con muchas corrientes de agua y pozos, o pantanos cubiertos de juncos, o bosques vírgenes llenos de árboles y vegetación, es imprescindible escudriñarlos totalmente y con cuidado, ya que estos lugares ayudan a las emboscadas y a los espías.

Es esencial bajar del caballo y escudriñar el terreno, por si existen tropas escondidas para tenderte una emboscada. También podría ser que hubiera espías al acecho observándote y escuchando tus instrucciones y movimientos.

Cuando el enemigo está cerca, pero permanece en calma, quiere decir que se halla en una posición fuerte. Cuando está lejos pero intenta provocar hostilidades, quiere que avances. Si, además, su posición es accesible, eso quiere decir que le es favorable.

Si un adversario no conserva la posición que le es favorable por las condiciones del terreno y se sitúa en otro lugar conveniente, debe ser porque existe alguna ventaja táctica para obrar de esta manera.

Si se mueven los árboles, es que el enemigo se está acercando. Si hay obstáculos entre los matorrales, es que has tomado un mal camino.

Sobre la distribución de los medios

La idea de poner muchos obstáculos entre la maleza es hacerte pensar que existen tropas emboscadas escondidas en medio de ella.

Si los pájaros alzan el vuelo, hay tropas emboscadas en el lugar. Si los animales están asustados, existen tropas atacantes. Si se elevan columnas de polvo altas y espesas, hay carros que se están acercando; si son bajas y anchas, se acercan soldados a pie. Humaredas esparcidas significan que se está cortando leña. Pequeñas polvaredas que van y vienen indican que hay que levantar el campamento.

Si los emisarios del enemigo pronuncian palabras humildes mientras que éste incrementa sus preparativos de guerra, esto quiere decir que va a avanzar. Cuando se pronuncian palabras altisonantes y se avanza ostentosamente, es señal de que el enemigo se va a retirar.

Si sus emisarios vienen con palabras humildes, envía espías para observar al enemigo y comprobarás que está aumentando sus preparativos de guerra.

Cuando los carros ligeros salen en primer lugar y se sitúan en los flancos, están estableciendo un frente de batalla.

Si los emisarios llegan pidiendo la paz sin firmar un tratado, significa que están tramando algún complot.

Si el enemigo dispone rápidamente a sus carros en filas de combate, es que está esperando refuerzos.

No se precipitarán para un encuentro ordinario si no entienden

Capítulo { IX }

que les ayudará, o debe haber una fuerza que se halla a distancia y que es esperada en un determinado momento para unir sus tropas y atacarte. Conviene anticipar, prepararse inmediatamente para esta eventualidad.

Si la mitad de sus tropas avanza y la otra mitad retrocede, es que el enemigo piensa atraerte a una trampa.

El enemigo está fingiendo en este caso confusión y desorden para incitarte a que avances. Si los soldados enemigos se apoyan unos en otros, es que están hambrientos.

Si los aguadores beben en primer lugar, es que las tropas están sedientas. Si el enemigo ve una ventaja pero no la aprovecha, es que está cansado. Si los pájaros se reúnen en el campo enemigo, es que el lugar está vacío. Si hay pájaros sobrevolando una ciudad, el ejército ha huido.

Si se producen llamadas nocturnas, es que los soldados enemigos están atemorizados. Tienen miedo y están inquietos, y por eso se llaman unos a otros.

Si el ejército no tiene disciplina, esto quiere decir que el general no es tomado en serio. Si los estandartes se mueven, es que está sumido en la confusión.

Las señales se utilizan para unificar el grupo; así pues, si se desplaza de acá para allá sin orden ni concierto, significa que sus filas están confusas.

Si sus emisarios muestran irritación, significa que están cansados.

Sobre la distribución de los medios

Si matan sus caballos para obtener carne, es que los soldados carecen de alimentos; cuando no tienen marmitas y no vuelven a su campamento, son enemigos completamente desesperados.

Si se producen murmuraciones, faltas de disciplina y los soldados hablan mucho entre sí, quiere decir que se ha perdido la lealtad de la tropa.

Las murmuraciones describen la expresión de los verdaderos sentimientos; las faltas de disciplina indican problemas con los superiores. Cuando el mando ha perdido la lealtad de las tropas, los soldados se hablan con franqueza entre sí sobre los problemas con sus superiores.

Si se otorgan numerosas recompensas, es que el enemigo se halla en un callejón sin salida; cuando se ordenan demasiados castigos, es que el enemigo está desesperado.

Cuando la fuerza de su ímpetu está agotada, otorgan constantes recompensas para tener contentos a los soldados, para evitar que se rebelen en masa. Cuando los soldados están tan agotados que no pueden cumplir las órdenes, son castigados una y otra vez para restablecer la autoridad.

Ser violento al principio y terminar después temiendo a los propios soldados es el colmo de la ineptitud.

Los emisarios que acuden con actitud conciliatoria indican que el enemigo quiere una tregua.

Capítulo { IX }

Si las tropas enemigas se enfrentan a ti con ardor, pero demoran el momento de entrar en combate sin abandonar no obstante el terreno, has de observarlos cuidadosamente.

Están preparando un ataque por sorpresa.

En asuntos militares, no es necesariamente más beneficioso ser superior en fuerzas, sólo evitar actuar con violencia innecesaria; es suficiente con consolidar tu poder, hacer estimaciones sobre el enemigo y conseguir reunir tropas; eso es todo.

El enemigo que actúa aisladamente, que carece de estrategia y que toma a la ligera a sus adversarios, inevitablemente acabará siendo derrotado.

Si tu plan no contiene una estrategia de retirada o posterior al ataque, sino que confías exclusivamente en al fuerza de tus soldados, y tomas a la ligera a tus adversarios sin valorar su condición, con toda seguridad caerás prisionero.

Si se castiga a los soldados antes de haber conseguido que sean leales al mando, no obedecerán, y si no obedecen, serán difíciles de emplear.

Tampoco podrán ser empleados si no se lleva a cabo ningún castigo, incluso después de haber obtenido su lealtad.

Cuando existe un sentimiento subterráneo de aprecio y confianza, y los corazones de los soldados están ya vinculados al mando, si se relaja

Sobre la distribución de los medios

la disciplina, los soldados se volverán arrogantes y será imposible emplearlos.

Por lo tanto, dirígelos mediante el arte civilizado y unifícalos mediante las artes marciales; esto significa una victoria continua.

Arte civilizado significa humanidad, y artes marciales significan reglamentos. Mándalos con humanidad y benevolencia, unifícalos de manera estricta y firme. Cuando la benevolencia y la firmeza son evidentes, es posible estar seguro de la victoria.

Cuando las órdenes se dan de manera clara, sencilla y consecuente a las tropas, éstas las aceptan. Cuando las órdenes son confusas, contradictorias y cambiantes las tropas no las aceptan o no las entienden.

Cuando las órdenes son razonables, justas, sencillas, claras y consecuentes, existe una satisfacción recíproca entre el líder y el grupo.

Capitulo

(X)

Sobre la topología

Capítulo { X }

Algunos terrenos son fáciles, otros difíciles, algunos neutros, otros estrechos, accidentados o abiertos.

Cuando el terreno sea accesible, sé el primero en establecer tu posición, eligiendo las alturas soleadas; una posición que sea adecuada para transportar los suministros; así tendrás ventaja cuando libres la batalla.

Cuando estés en un terreno difícil de salir, estás limitado. En este terreno, si tu enemigo no está preparado, puedes vencer si sigues adelante, pero si el enemigo está preparado y sigues adelante, tendrás muchas dificultades para volver de nuevo a él, lo cual jugará en contra tuya.

Cuando es un terreno desfavorable para ambos bandos, se dice que es un terreno neutro. En un terreno neutro, incluso si el adversario te ofrece una ventaja, no te aproveches de ella: retírate, induciendo a salir a la mitad de las tropas enemigas, y entonces cae sobre él aprovechándote de esta condición favorable.

En un terreno estrecho , si eres el primero en llegar, debes ocuparlo totalmente y esperar al adversario. Si él llega antes, no lo persigas si bloquea los desfiladeros. Persíguelo sólo si no los bloquea.

En terreno accidentado, si eres el primero en llegar, debes ocupar sus puntos altos y soleados y esperar al adversario. Si éste los ha ocupado antes, retírate y no lo persigas.

En un terreno abierto, la fuerza del ímpetu se encuentra igualada, y

Sobre la topología

es difícil provocarle a combatir de manera desventajosa para él.

Entender estas seis clases de terreno es la responsabilidad principal del general, y es imprescindible considerarlos.

Éstas son las configuraciones del terreno; los generales que las ignoran salen derrotados. Así pues, entre las tropas están las que huyen, la que se retraen, las que se derrumban, las que se rebelan y las que son derrotadas. Ninguna de estas circunstancias constituyen desastres naturales, sino que son debidas a los errores de los generales.

Las tropas que tienen el mismo ímpetu, pero que atacan en proporción de uno contra diez, salen derrotadas. Los que tienen tropas fuertes pero cuyos oficiales son débiles, quedan retraídos.

Los que tienen soldados débiles al mando de oficiales fuertes, se verán en apuros. Cuando los oficiales superiores están encolerizados y son violentos, y se enfrentan al enemigo por su cuenta y por despecho, y cuando los generales ignoran sus capacidades, el ejército se desmoronará.

Como norma general, para poder vencer al enemigo, todo el mando militar debe tener una sola intención y todas las fuerzas militares deben cooperar.

Cuando los generales son débiles y carecen de autoridad, cuando las órdenes no son claras, cuando oficiales y soldados no tienen solidez y las formaciones son anárquicas, se produce revuelta.

Los generales que son derrotados son aquellos que son incapaces de

Capítulo { X }

calibrar a los adversarios, entran en combate con fuerzas superiores en número o mejor equipadas, y no seleccionan a sus tropas según los niveles de preparación de las mismas.

Si empleas soldados sin seleccionar a los preparados de los no preparados, a los arrojados y a los timoratos, te estás buscando tu propia derrota.

Estas son las seis maneras de ser derrotado. La comprensión de estas situaciones es la responsabilidad suprema de los generales y deben ser consideradas.

La primera es no calibrar el número de fuerzas; la segunda, la ausencia de un sistema claro de recompensas y castigos; la tercera, la insuficiencia de entrenamiento; la cuarta es la pasión irracional; la quinta es la ineficacia de la ley del orden; y la sexta es el fallo de no seleccionar a los soldados fuertes y resueltos.

La configuración del terreno puede ser un apoyo para el ejército; para los jefes militares, el curso de la acción adecuada es calibrar al adversario para asegurar la victoria y calcular los riesgos y las distancias. Salen vencedores los que libran batallas conociendo estos elementos; salen derrotados los que luchan ignorándolos.

Por lo tanto, cuando las leyes de la guerra señalan una victoria segura es claramente apropiado entablar batalla, incluso si el gobierno ha dada órdenes de no atacar. Si las leyes de la guerra no indican una victoria segura, es adecuado no entrar en batalla, aunque el gobierno haya dada la orden de atacar. De este modo se avanza sin pretender

Sobre la topología

la gloria, se ordena la retirada sin evitar la responsabilidad, con el único propósito de proteger a la población y en beneficio también del gobierno; así se rinde un servicio valioso a la nación.

Avanzar y retirarse en contra de las órdenes del gobierno no se hace por interés personal, sino para salvaguardar las vidas de la población y en auténtico beneficio del gobierno. Servidores de esta talla son muy útiles para un pueblo.

Mira por tus soldados como miras por un recién nacido; así estarán dispuestos a seguirte hasta los valles más profundos; cuida de tus soldados como cuidas de tus queridos hijos, y morirán gustosamente contigo.

Pero si eres tan amable con ellos que no los puedes utilizar, si eres tan indulgente que no les puedes dar órdenes, tan informal que no puedes disciplinarlos, tus soldados serán como niños mimados y, por lo tanto, inservibles.

Las recompensas no deben utilizarse solas, ni debe confiarse solamente en los castigos. En caso contrario, las tropas, como niños mimosos, se acostumbran a disfrutar o a quedar resentidas por todo. Esto es dañino y los vuelve inservibles.

Si sabes que tus soldados son capaces de atacar, pero ignoras si el enemigo es invulnerable a un ataque, tienes sólo la mitad de posibilidades de ganar. Si sabes que tu enemigo es vulnerable a un ataque, pero ignoras si tus soldados son capaces de atacar, sólo tienes la mitad de posibilidades de ganar. Si sabes que el enemigo es vulnerable

Capítulo { X }

a un ataque, y tus soldados pueden llevarlo a cabo, pero ignoras si la condición del terreno es favorable para la batalla, tienes la mitad de probabilidades de vencer.

Por lo tanto, los que conocen las artes marciales no pierden el tiempo cuando efectúan sus movimientos, ni se agotan cuando atacan. Debido a esto se dice que cuando te conoces a ti mismo y conoces a los demás, la victoria no es un peligro; cuando conoces el cielo y la tierra, la victoria es inagotable.

Capitulo (XI)

Sobre las nueve clases de terreno

Capítulo { XI }

Conforme a las leyes de las operaciones militares, existen nueve clases de terreno. Si intereses locales luchan entre sí en su propio territorio, a éste se le llama terreno de dispersión.

Cuando los soldados están apegados a su casa y combaten cerca de su hogar, pueden ser dispersados con facilidad.

Cuando penetras en un territorio ajeno, pero no lo haces en profundidad, a éste se le llama territorio ligero.

Esto significa que los soldados pueden regresar fácilmente.

El territorio que puede resultarte ventajoso si lo tomas, y ventajoso al enemigo si es él quien lo conquista, se llama terreno clave.

Un terreno de lucha inevitable es cualquier enclave defensivo o paso estratégico.

Un territorio igualmente accesible para ti y para los demás se llama terreno de comunicación.
El territorio que está rodeado por tres territorios rivales y es el primero en proporcionar libre acceso a él a todo el mundo se llama terreno de intersección.

El terreno de intersección es aquel en el que convergen las principales vías de comunicación uniéndolas entre sí: sé el primero en ocuparlo, y la gente tendrá que ponerse de tu lado. Si lo obtienes, te encuentras seguro; si lo pierdes, corres peligro.
Cuando penetras en profundidad en un territorio ajeno, y dejas

Sobre las nueve clases de terreno

detrás muchas ciudades y pueblos, a este terreno se le llama difícil.

Es un terreno del que es difícil regresar.

Cuando atraviesas montañas boscosas, desfiladeros abruptos u otros accidentes difíciles de atravesar, a esto se le llama terreno desfavorable.

Cuando el acceso es estrecho y la salida es tortuosa, de manera que una pequeña unidad enemiga puede atacarte, aunque tus tropas sean más numerosas, a éste se le llama terreno cercado.

Si eres capaz de una gran adaptación, puedes atravesar este territorio.

Si sólo puedes sobrevivir en un territorio luchando con rapidez, y si es fácil morir si no lo haces, a éste se le llama terreno mortal.

Las tropas que se encuentran en un terreno mortal están en la misma situación que si se encontraran en una barca que se hunde o en una casa ardiendo.

Así pues, no combatas en un terreno de dispersión, no te detengas en un terreno ligero, no ataques en un terreno clave (ocupado por el enemigo), no dejes que tus tropas sean divididas en un terreno de comunicación. En terrenos de intersección, establece comunicaciones; en terrenos difíciles, entra aprovisionado; en terrenos desfavorables, continúa marchando; en terrenos cercados, haz planes; en terrenos mortales, lucha.

En un terreno de dispersión, los soldados pueden huir. Un terreno

Capítulo { XI }

ligero es cuando los soldados han penetrado en territorio enemigo, pero todavía no tienen las espaldas cubiertas: por eso, sus mentes no están realmente concentradas y no están listos para la batalla. No es ventajoso atacar al enemigo en un terreno clave; lo que es ventajoso es llegar el primero a él. No debe permitirse que quede aislado el terreno de comunicación, para poder servirse de las rutas de suministros. En terrenos de intersección, estarás a salvo si estableces alianzas; si las pierdes, te encontrarás en peligro. En terrenos difíciles, entrar aprovisionado significa reunir todo lo necesario para estar allí mucho tiempo. En terrenos desfavorables, ya que no puedes atrincherarte en ello, debes apresurarte a salir. En terrenos cercados, introduce tácticas sorpresivas.

Si las tropas caen en un terreno mortal, todo el mundo luchará de manera espontánea. Por esto se dice: "Sitúa a las tropas en un terreno mortal y sobrevivirán."

Los que eran antes considerados como expertos en el arte de la guerra eran capaces de hacer que el enemigo perdiera contacto entre su vanguardia y su retaguardia, la confianza entre las grandes y las pequeñas unidades, el interés recíproco par el bienestar de los diferentes rangos, el apoyo mutuo entre gobernantes y gobernados, el alistamiento de soldados y la coherencia de sus ejércitos. Estos expertos entraban en acción cuando les era ventajoso, y se retenían en caso contrario.

Introducían cambios para confundir al enemigo, atacándolos aquí y allá, aterrorizándolos y sembrando en ellos la confusión, de tal manera que no les daban tiempo para hacer planes.

Se podría preguntar cómo enfrentarse a fuerzas enemigas numerosas

Sobre las nueve clases de terreno

y bien organizadas que se dirigen hacia ti. La respuesta es quitarles en primer lugar algo que aprecien, y después te escucharán.

La rapidez de acción es el factor esencial de la condición de la fuerza militar, aprovechándose de los errores de los adversarios, desplazándose por caminos que no esperan y atacando cuando no están en guardia.

Esto significa que para aprovecharse de la falta de preparación, de visión y de cautela de los adversarios, es necesario actuar con rapidez, y que si dudas, esos errores no te servirán de nada.

En una invasión, por regla general, cuanto más se adentran los invasores en el territorio ajeno, más fuertes se hacen, hasta el punto de que el gobierno nativo no puede ya expulsarlos.

Escoge campos fértiles, y las tropas tendrán suficiente para comer. Cuida de su salud y evita el cansancio, consolida su energía, aumenta su fuerza. Que los movimientos de tus tropas y la preparación de tus planes sean insondables.

Consolida la energía más entusiasta de tus tropas, ahorra las fuerzas sobrantes, mantén en secreto tus formaciones y tus planes, permaneciendo insondable para los enemigos, y espera a que se produzca un punto vulnerable para avanzar.

Sitúa a tus tropas en un punto que no tenga salida, de manera que tengan que morir antes de poder escapar. Porque, ¿ante la posibilidad

Capítulo { XI }

de la muerte, qué no estarán dispuestas a hacer? Los guerreros dan entonces lo mejor de sus fuerzas. Cuando se hallan ante un grave peligro, pierden el miedo. Cuando no hay ningún sitio a donde ir, permanecen firmes; cuando están totalmente implicados en un terreno, se aferran a él. Si no tienen otra opción, lucharán hasta el final.

Por esta razón, los soldados están vigilantes sin tener que ser estimulados, se alistan sin tener que ser llamados a filas, son amistosos sin necesidad de promesas, y se puede confiar en ellos sin necesidad de órdenes.

Esto significa que cuando los combatientes se encuentran en peligro de muerte, sea cual sea su rango, todos tienen el mismo objetivo, y, por lo tanto, están alerta sin necesidad de ser estimulados, tienen buena voluntad de manera espontánea y sin necesidad de recibir órdenes, y puede confiarse de manera natural en ellos sin promesas ni necesidad de jerarquía.

Prohibe los augurios para evitar las dudas, y los soldados nunca te abandonarán. Si tus soldados no tienen riquezas, no es porque las desdeñen. Si no tienen más longevidad, no es porque no quieran vivir más tiempo. El día en que se da la orden de marcha, los soldados lloran.

Así pues, una operación militar preparada con pericia debe ser como una serpiente veloz que contraataca con su cola cuando alguien le ataca por la cabeza, contraataca con la cabeza cuando alguien le ataca por la cola y contraataca con cabeza y cola, cuando alguien le ataca por el medio.

Esta imagen representa el método de una línea de batalla que

Sobre las nueve clases de terreno

responde velozmente cuando es atacada. Un manual de ocho formaciones clásicas de batalla dice: "Haz del frente la retaguardia, haz de la retaguardia el frente, con cuatro cabezas y ocho colas. Haz que la cabeza esté en todas partes, y cuando el enemigo arremeta por el centro, cabeza y cola acudirán al rescate."

Puede preguntarse la cuestión de si es posible hacer que una fuerza militar sea como una serpiente rápida. La respuesta es afirmativa. Incluso las personas que se tienen antipatía, encontrándose en el mismo barco, se ayudarán entre sí en caso de peligro de zozobrar.

Es la fuerza de la situación la que hace que esto suceda.

Por esto, no basta con depositar la confianza en caballos atados y ruedas fijadas.

Se atan los caballos para formar una línea de combate estable, y se fijan las ruedas para hacer que los carros no se puedan mover. Pero aun así, esto no es suficientemente seguro ni se puede confiar en ello. Es necesario permitir que haya variantes a los cambios que se hacen, poniendo a los soldados en situaciones mortales, de manera que combatan de forma espontánea y se ayuden unos a otros codo con codo: éste es el camino de la seguridad y de la obtención de una victoria cierta.

La mejor organización es hacer que se exprese el valor y mantenerlo constante. Tener éxito tanto con tropas débiles como con tropas aguerridas se basa en la configuración de las circunstancias.

Capítulo { XI }

Si obtienes la ventaja del terreno, puedes vencer a los adversarios, incluso con tropas ligeras y débiles; ¿cuánto más te sería posible si tienes tropas poderosas y aguerridas? Lo que hace posible la victoria a ambas clases de tropas es las circunstancias del terreno.

Por lo tanto, los expertos en operaciones militares logran la cooperación de la tropa, de tal manera que dirigir un grupo es como dirigir a un solo individuo que no tiene más que una sola opción.

Corresponde al general ser tranquilo, reservado, justo y metódico.
Sus planes son tranquilos y absolutamente secretos para que nadie pueda descubrirlos. Su mando es justo y metódico, así que nadie se atreve a tomarlo a la ligera.
Puede mantener a sus soldados sin información y en completa ignorancia de sus planes. Cambia sus acciones y revisa sus planes, de manera que nadie pueda reconocerlos.
Cambia de lugar su emplazamiento y se desplaza por caminos sinuosos, de manera que nadie pueda anticiparse.

Puedes ganar cuando nadie puede entender en ningún momento cuáles son tus intenciones.

Dice un Gran Hombre: "El principal engaño que se valora en las operaciones militares no se dirige sólo a los enemigos, sino que empieza por las propias tropas, para hacer que le sigan a uno sin saber adónde van." Cuando un general fija una meta a sus tropas, es como el que sube a un lugar elevado y después retira la escalera. Cuando un general se adentra muy en el interior del territorio enemigo, está poniendo a prueba todo su potencial.

Sobre las nueve clases de terreno

Ha hecho quemar las naves a sus tropas y destruir sus casas; así las conduce como un rebaño y todos ignoran hacia dónde se encaminan.

Incumbe a los generales reunir a los ejércitos y ponerlos en situaciones peligrosas. También han de examinar las adaptaciones a los diferentes terrenos, las ventajas de concentrarse o dispersarse, y las pautas de los sentimientos y situaciones humanas.

Cuando se habla de ventajas y de desventajas de la concentración y de la dispersión, quiere decir que las pautas de los comportamientos humanos cambian según los diferentes tipos de terreno.

En general, la pauta general de los invasores es unirse cuando están en el corazón del territorio enemigo, pero tienden a dispersarse cuando están en las franjas fronterizas. Cuando dejas tu territorio y atraviesas la frontera en una operación militar, te hallas en un terreno aislado.

Cuando es accesible desde todos los puntos, es un terreno de comunicación.

Cuando te adentras en profundidad, estás en un terreno difícil. Cuando penetras poco, estás en un terreno ligero.

Cuando a tus espaldas se hallen espesuras infranqueables y delante pasajes estrechos, estás en un terreno cercado.

Cuando no haya ningún sitio a donde ir, se trata de un terreno mortal.

Así pues, en un terreno de dispersión, yo unificaría las mentes de

Capítulo { XI }

los soldados. En un terreno ligero, las mantendría en contacto. En un terreno clave, les haría apresurarse para tomarlo. En un terreno de intersección, prestaría atención a la defensa. En un terreno de comunicación, establecería sólidas alianzas. En un terreno difícil, aseguraría suministros continuados. En un terreno desfavorable, urgiría a mis tropas a salir rápidamente de él. En un terreno cercado, cerraría las entradas. En un terreno mortal, indicaría a mis tropas que no existe ninguna posibilidad de sobrevivir.

Por esto, la psicología de los soldados consiste en resistir cuando se ven rodeados, luchar cuando no se puede evitar, y obedecer en casos extremos.

Hasta que los soldados no se ven rodeados, no tienen la determinación de resistir al enemigo hasta alcanzar la victoria. Cuando están desesperados, presentan una defensa unificada.

Por ello, los que ignoran los planes enemigos no pueden preparar alianzas.

Los que ignoran las circunstancias del terreno no pueden hacer maniobrar a sus fuerzas. Los que no utilizan guías locales no pueden aprovecharse del terreno. Los militares de un gobierno eficaz deben conocer todos estos factores.

Cuando el ejército de un gobierno eficaz ataca a un gran territorio, el pueblo no se puede unir. Cuando su poder sobrepasa a los adversarios, es imposible hacer alianzas.

Sobre las nueve clases de terreno

Si puedes averiguar los planes de tus adversarios, aprovéchate del terreno y haz maniobrar al enemigo de manera que se encuentre indefenso; en este caso, ni siquiera un gran territorio puede reunir suficientes tropas para detenerte.

Por lo tanto, si no luchas por obtener alianzas, ni aumentas el poder de ningún país, pero extiendes tu influencia personal amenazando a los adversarios, todo ello hace que el país y las ciudades enemigas sean vulnerables.

Otorga recompensas que no estén reguladas y da órdenes desacostumbradas.

Considera la ventaja de otorgar recompensas que no tengan precedentes, observa cómo el enemigo hace promesas sin tener en cuenta los códigos establecidos.

Maneja las tropas como si fueran una sola persona. Empléalas en tareas reales, pero no les hables. Motívalas con recompensas, pero no les comentes los perjuicios posibles.

Emplea a tus soldados sólo en combatir, sin comunicarles tu estrategia. Déjales conocer los beneficios que les esperan, pero no les hables de los daños potenciales. Si la verdad se filtra, tu estrategia puede hundirse. Si los soldados empiezan a preocuparse, se volverán vacilantes y temerosos.

Colócalos en una situación de posible exterminio, y entonces lucharán para vivir. Ponles en peligro de muerte, y entonces sobrevivirán.

Capítulo { XI }

Cuando las tropas afrontan peligros, son capaces de luchar para obtener la victoria.

Así pues, la tarea de una operación militar es fingir acomodarse a las intenciones del enemigo. Si te concentras totalmente en éste, puedes matar a su general aunque estés a kilómetros de distancia. A esto se llama cumplir el objetivo con pericia.

Al principio te acomodas a sus intenciones, después matas a sus generales: ésta es la pericia en el cumplimiento del objetivo.

Así, el día en que se declara la guerra, se cierran las fronteras, se rompen los salvoconductos y se impide el paso de emisarios.

Los asuntos se deciden rigurosamente desde que se comienza a planificar y establecer la estrategia desde la casa o cuartel general.

El rigor en los cuarteles generales en la fase de planificación se refiere al mantenimiento del secreto.

Cuando el enemigo ofrece oportunidades, aprovéchalas inmediatamente.

Entérate primero de lo que pretende, y después anticípate a él. Mantén la disciplina y adáptate al enemigo, para determinar el resultado de la guerra. Así, al principio eres como una doncella y el enemigo abre sus puertas; entonces, tú eres como una liebre suelta, y el enemigo no podrá expulsarte.

Capitulo (XII)

Sobre el arte de atacar
por el fuego

Capítulo { XII }

Existen cinco clases de ataques mediante el fuego: quemar a las personas , quemar los suministros, quemar el equipo, quemar los almacenes y quemar las armas.

El uso del fuego tiene que tener una base, y exige ciertos medios. Existen momentos adecuados para encender fuegos, concretamente cuando el tiempo es seco y ventoso.

Normalmente, en ataques mediante el fuego es imprescindible seguir los cambios producidos por éste. Cuando el fuego está dentro del campamento enemigo, prepárate rápidamente desde fuera. Si los soldados se mantienen en calma cuando el fuego se ha declarado, espera y no ataques. Cuando el fuego alcance su punto álgido, síguelo, si puedes; si no, espera.

En general, el fuego se utiliza para sembrar la confusión en el enemigo y así poder atacarle.

Cuando el fuego puede ser prendido en campo abierto, no esperes a hacerlo en su interior; hazlo cuando sea oportuno.

Cuando el fuego sea atizado par el viento, no ataques en dirección contraria a éste.

No es eficaz luchar contra el ímpetu del fuego, porque el enemigo luchará en este caso hasta la muerte.

Si ha soplado el viento durante el día, a la noche amainará. Un viento diurno cesará al anochecer; un viento nocturno cesará al amanecer.

Sobre el arte de atacar por el fuego

Los ejércitos han de saber que existen variantes de las cinco clases de ataques mediante el fuego, y adaptarse a éstas de manera racional.

No basta saber cómo atacar a los demás con el fuego, es necesario saber cómo impedir que los demás te ataquen a ti.

Así pues, la utilización del fuego para apoyar un ataque significa claridad, y la utilización del agua para apoyar un ataque significa fuerza. El agua puede incomunicar, pero no puede arrasar.

El agua puede utilizarse para dividir a un ejército enemigo, de manera que su fuerza se desuna y la tuya se fortalezca.

Ganar combatiendo o llevar a cabo un asedio victorioso sin recompensar a los que han hecho méritos trae mala fortuna y se hace merecedor de ser llamado avaro. Por eso se dice que un gobierno esclarecido lo tiene en cuenta y que un buen mando militar recompensa el mérito. No moviliza a sus tropas cuando no hay ventajas que obtener, ni actúa cuando no hay nada que ganar, ni luchan cuando no existe peligro.

Las armas son instrumentos de mal augurio, y la guerra es un asunto peligroso. Es indispensable impedir una derrota desastrosa, y por lo tanto, no vale la pena movilizar un ejército por razones insignificantes. Las armas sólo deben utilizarse cuando no existe otro remedio.

Un gobierno no debe movilizar un ejército por ira, y los jefes militares no deben provocar la guerra por cólera.

Capítulo { XII }

Actúa cuando sea beneficioso; en caso contrario, desiste. La ira puede convertirse en alegría, y la cólera puede convertirse en placer, pero un pueblo destruido no puede hacérsele renacer, y la muerte no puede convertirse en vida. En consecuencia, un gobierno esclarecido presta atención a todo esto, y un buen mando militar lo tiene en cuenta. Ésta es la manera de mantener a la nación a salvo y de conservar intacto a su ejército.

Capitulo (XIII)

Sobre la concordia y la discordia

Capítulo { XIII }

Una Operación militar significa un gran esfuerzo para el pueblo, y la guerra puede durar muchos años para obtener una victoria de un día. Así pues, fallar en conocer la situación de los adversarios por economizar en aprobar gastos para investigar y estudiar a la oposición es extremadamente inhumano, y no es típico de un buen jefe militar, de un consejero de gobierno, ni de un gobernante victorioso. Por lo tanto, lo que posibilita a un gobierno inteligente y a un mando militar sabio vencer a los demás y lograr triunfos extraordinarios con esa información esencial.

La información previa no puede obtenerse de fantasmas ni espíritus, ni se puede tener por analogía, ni descubrir mediante cálculos. Debe obtenerse de personas; personas que conozcan la situación del adversario.

Existen cinco clases de espías: el espía nativo, el espía interno, el doble agente, el espía liquidable, y el espía flotante. Cuando están activos todos ellos, nadie conoce sus rutas: a esto se le llama genio organizativo, y se aplica al gobernante.

Los espías nativos se contratan entre los habitantes de una localidad. Los espías internos se contratan entre los funcionarios enemigos. Los agentes dobles se contratan entre los espías enemigos. Los espías liquidables transmiten falsos datos a los espías enemigos. Los espías flotantes vuelven para traer sus informes.

Entre los funcionarios del régimen enemigo, se hallan aquéllos con los que se puede establecer contacto y a los que se puede sobornar para averiguar la situación de su país y descubrir cualquier plan que se trame contra ti, también pueden ser utilizados para crear desavenencias y desarmonía.

En consecuencia, nadie en las fuerzas armadas es tratado con tanta familiaridad como los espías, ni a nadie se le otorgan recompensas tan grandes como a ellos, ni hay asunto más secreto que el espionaje.

Si no se trata bien a los espías, pueden convertirse en renegados y trabajar para el enemigo.

No se pueden utilizar a los espías sin sagacidad y conocimiento; no puede uno servirse de espías sin humanidad y justicia, no se puede obtener la verdad de los espías sin sutileza. Ciertamente, es un asunto muy delicado. Los espías son útiles en todas partes.

Cada asunto requiere un conocimiento previo.

Si algún asunto de espionaje es divulgado antes de que el espía haya informado, éste y el que lo haya divulgado deben eliminarse.

Siempre que quieras atacar a un ejército, asediar una ciudad o atacar a una persona, has de conocer previamente la identidad de los generales que la defienden, de sus aliados, sus visitantes, sus centinelas y de sus criados; así pues, haz que tus espías averigüen todo sobre ellos.

Siempre que vayas a atacar y a combatir, debes conocer primero los talentos de los servidores del enemigo, y así puedes enfrentarte a ellos según sus capacidades.

Capítulo { XIII }

Debes buscar a agentes enemigos que hayan venido a espiarte, sobornarlos e inducirlos a pasarse a tu lado, para poder utilizarlos como agentes dobles. Con la información obtenida de esta manera, puedes encontrar espías nativos y espías internos para contratarlos. Con la información obtenida de éstos, puedes fabricar información falsa sirviéndote de espías liquidables. Con la información así obtenida, puedes hacer que los espías flotantes actúen según los planes previstos.

Es esencial para un gobernante conocer las cinco clases de espionaje, y este conocimiento depende de los agentes dobles; así pues, éstos deben ser bien tratados.

Así, sólo un gobernante brillante o un general sabio que pueda utilizar a los más inteligentes para el espionaje pueden estar seguros de la victoria. El espionaje es esencial para las operaciones militares, y los ejércitos dependen de él para llevar a cabo sus acciones.

No será ventajoso para el ejército actuar sin conocer la situación del enemigo, y conocer la situación del enemigo no es posible sin el espionaje.

Anotações

Anotações

Anotações

Anotações

Anotações

Anotações

Anotações